旱龍道

王海燕 —— 著

那是由無數莊稼雜草、樹木的乾枯發黃，
蜿蜒了一路而形成的一條巨龍，
以綠色植物的集體滅亡所形成的龐大旱地——「旱龍道」

目錄

目錄

第七章 177

第八章 205

第一章

爸爸「出嫁」

有個小山村叫金家店，這裡四面青山環繞，形成一個盆地，像一個巨大的綠色大鍋。少年金鎖的家，就住在東面的「鍋」旁邊。

金家店環境閉塞，交通不便，坑窪不平的石頭路面非常難走。有人戲稱，去一趟金家店，等於做一次全身按摩，整個身體會隨著車子的顛簸而上下起伏，前仰後合。因為在車上來回移動，鑲假牙的得把牙摘下來攥在手裡，稍不留神讓假牙從口裡飛出去，就真滿地找牙了。

金家店人過著自給自足的日子，衣食住行，與季節息息相關。春天吃鹹菜、黃豆芽，夏天吃園子裡的豆角黃瓜，秋天吃白菜馬鈴薯，冬天吃酸菜蘿蔔。人們很少出山，整天在山裡摸爬滾打，添加一件新衣服，沒穿壞，反而放壞了，因為沒有機會穿出去。

條件好的人家，在臘月底會殺年豬，把肉大卸八塊，切成小肉丁，放在大鍋裡熬，再放上兩袋精鹽，放進大圓缸裡，封上口，放在空屋子裡，凝成潔白的一大坨。這是全家一年的美食。無論什麼菜，挖一勺子油，夾雜著肉丁，熬菜就香噴噴的了。

村裡很少有用冰箱的，認為那東西耗電，是敗家東西。在金家店，冰箱只是一種擺設，是炫富的奢侈品，很少有人使用。如果誰家有一個小罐子，裡面有幾塊鹹肉，那

第一章

就不錯啦。

金家店人整日如耗子一樣在山裡鑽尋，人和人之間很少有見面的機會，以至於上了年歲的老人，見了年輕人先問：「你姓什麼？你是誰家的？」

在金鎖那句經典的話沒有傳播之前，金家店人很少有人注意到金鎖。

偶爾有人見了金鎖，見他小眼睛一眨一眨的樣子，大鼻子像長得很好的蒜，根據這個特點，隨口問一句「你是老料的孫子吧？」還沒等金鎖回答，人家就沒影了，誰會在意一個髒兮兮的醜八怪是誰家的呢。

凡是嫁到金家店的女人，好看的沒有好身體，好身體的沒有好模樣，爺爺說都是「歪瓜裂棗」，或者「八分熟」的女人。這樣的女人要麼有點小殘疾，要麼腦袋裡少了一根筋。總之，金家店的男人很難娶到頂呱呱的媳婦。

只是少數條件好的人家，比如林曉美的爸爸就娶了林曉美的媽媽這樣漂亮又能幹的女人，這樣的女人在金家店鳳毛麟角。

金鎖的媽媽長得不太好看，大鼻子、小眼睛，右腿伸不直，走路一點一點的，走遠路很費力。金鎖沿襲了媽媽的典型外貌：大鼻子、小眼睛。可金鎖媽媽很能幹，每日進山，也不閒著。生了金鎖之後，見是一個健康的男孩，工作得更賣力了。山裡人生下男孩就是負擔，因為沒有哪個女孩子願意嫁到金家店來。

爸爸「出嫁」

所以，金鎖的降生，讓爸爸媽媽更加拚命工作。

沒有料到的是，媽媽在一次山洪中，為了救一隻小雞不幸落水遇難。走那年，媽媽才二十歲，金鎖才一歲，還沒斷乳。家裡天塌地陷了，依仗有奶奶照顧金鎖，金鎖才得以順利長大。體弱多病的奶奶，一把屎一把尿伺候著金鎖。前半夜怕床太熱，後半夜又怕床太涼，奶奶把金鎖包裹起來放在肚皮上，只有體溫是平衡的，才熱不壞凍不透。奶奶沒有睡過一夜安穩的覺，一連幾天不脫衣服。金鎖是含著奶奶的乳頭入睡的。金鎖咿呀學語的時候，第一聲喊的就是「奶奶」。

金鎖的爸爸在金鎖四歲那年，有個鄰村女人看上了他，條件是，必須去她家生活。這個女人的男人因為一場事故去世，留下兩個孩子，女人無力撫養，需要招一個男人幫她撐起家來。

爸爸面對年幼的金鎖、日漸蒼老的父母，沒有答應這門婚事。

「我早就料到你不同意，難道跟我們老死在家裡？沒出息。」

爺爺用激將法把爸爸激走了，爸爸就這樣「出嫁」了。

爺爺奶奶不能因為家裡貧困，拖累年輕的爸爸一輩子單身。

金鎖由爺爺奶奶撫養，捧在手心裡，愛在心尖上，讓爸爸一個人放心去那個家過日子。奶奶叮囑爸爸，如果有了錢，偷偷為金鎖存點，長大還得去上學呢。

第一章

就在爸爸走的第二年，奶奶因病去世了，那個時候，金鎖快六歲了，能幫助爺爺撿碗撿筷了。金鎖失去了媽媽，失去了爸爸，失去了奶奶，跟爺爺相依為命。他每日跟在爺爺屁股後面滿山跑，掏鳥窩、抓螞蚱、撿蘑菇、拾柴，過著野孩子一樣的生活。

村裡有迷信的人，說金鎖這孩子命太硬，把媽媽和奶奶克死了。爺爺氣得瞪著眼睛，跟這些亂說話的人大聲吵罵：「少放屁，誰不死？誰能活一輩子？」爺爺沒受過什麼教育，說話向來粗俗。

金鎖有爺爺照顧，有幾畝山地為生，有大山做後盾，有柴燒，有雞鴨鵝，有毛驢，餓不死，凍不壞。山裡的孩子都皮厚，不怕風不怕雨，像溝邊兩側的荊條，越打擊越茂盛，個子迅速往上躥。

金鎖常常記得爸爸離開家時候的樣子。爸爸走的那天，四歲的金鎖，把當時的鏡頭記得牢牢的，那天的情景深深扎在金鎖的心裡。

正是夏天，爸爸捲著袖子，露出健壯的胳膊，爸爸推著破舊的腳踏車，扛著幾件舊衣服。

爸爸望著跟在後面的金鎖，金鎖大鼻涕流淌出來，爸爸蹲下腰幫他擦了，因為用力過大，金鎖疼得哇哇大哭，金鎖發現爸爸也流淚了。

爸爸望著金鎖，放下了腳踏車，扛著包裹上路了，他要把家裡唯一值錢的東西——

這輛破舊的腳踏車留給金鎖。金鎖長大上學，這麼遠的山路，沒有腳踏車怎麼行呢？

爺爺推著腳踏車追上爸爸，叫他騎走。爸爸死活不要。

爺爺說：「你先騎著，金鎖現在還小，有時間回家來看看，有腳踏車方便。」

爸爸覺得有理，最後騎著腳踏車走了。爸爸一步三回頭，不住回頭看著金鎖，這眼神到今天還在金鎖的腦子裡閃現。

「唉，人往高處走，水往低處流。放出去好些，我和孫子苦著點吧。」爺爺看著爸爸離去的背影，自言自語嘆著氣。

爸爸走後，金鎖開始有了心願，盼望自己快點長大，長大就能騎腳踏車了。在夢裡，金鎖騎著腳踏車滿大街亂竄，甚至在各家各戶的房頂上騎著，有時候騎著腳踏車穿越千山萬水，或者跌進萬丈深淵。

「爺爺，我總在夢裡騎著腳踏車飛，飛得可快了，有時候從天上掉下來，嚇一跳。」

「鎖子，你這是想長大呢。快點兒長吧。」

其實，金鎖想擁有一輛腳踏車。

第一章

老趙的計畫

金鎖的爺爺有個死對頭，倆人見面頭不抬眼不睜，彼此視而不見，大有老死不相往來的架勢。這個人，就是老趙。

老趙的妻子去世了，兒子考上了大學在城市工作。老趙是一名退休的老教師，喜歡看書，喜歡寫作，是小有名氣的作家。老趙不喜歡在城裡生活，他喜歡在山裡居住，種花種菜，養雞養鴨，每個月有些退休金，過著優哉的小日子。可以說，老趙是金家店的名人，是德高望重的文化人。

老趙的故事很多，一般人不知道。老趙給人的印像是神神祕祕的，態度溫和，卻又有拒人千里的感覺。總之，一般人不敢跟老趙說話。

可這樣一個很有威嚴的老頭，金鎖敢趴在他的後背上磨人，讓很多人費解。有人說，小孩是屬貓的，給點好吃的就被吸引。老趙就用了這個方法，三天兩頭就把金鎖叫到屋裡來，要麼給金鎖幾塊軟糖，要麼給金鎖一個小麵包，麵包裡還有雞蛋呢。

老趙喜歡金鎖，喜歡講故事給金鎖聽，慢慢的，金鎖對故事感興趣了，甚至達到了痴迷的程度。見到誰就叫誰講故事給他聽。人家都講完了，人散去了，唯獨金鎖留下來，對人家刨根問底追半天，所以金鎖總能收穫一些故事以外的故事。當然，都是講故事的人為了打發他順口瞎編的。有時候編故事的人把自己都逗笑了。

「那孫悟空在山下壓了五百年，豬八戒幹嘛去了，怎麼不來救他？」

「豬八戒嘛，他拉屎去了。」

「你騙人，告訴我，告訴我嘛，豬八戒幹嘛去了？」

「豬八戒撿蘑菇去了。」

「還是騙人的。」金鎖不信了。

人們永遠不能夠滿足一個孩子的好奇心。

金鎖常常趁著爺爺不注意，偷偷跑到後街去，只要金鎖去，老趙馬上放下手裡的工作，把金鎖抱到膝蓋上，用他溫熱的大手抹去金鎖鼻子下的髒鼻涕。老趙像變魔術似的，總能從他的西屋裡，變出好東西來給金鎖。過年的時候，老趙買了一串響鞭，用剪刀剪了好幾段，金鎖每次來，老趙都給金鎖一段，金鎖樂得直拍手。

「回去告訴爺爺，就說老趙頭子給響鞭啦。」

「我才不說。我說了爺爺會罵我。」

「你爺爺會罵你什麼呢？他是怎麼罵你的？」

「啊，又去那個老東西家了，離他遠點。」金鎖學著爺爺的口氣，唯妙唯肖的。小孩

第一章

子誠實，不會撒謊。

老趙哈哈大笑，心想：老料啊老料，你這死腦筋一輩子也改不過來。

「鎖子，你爺爺不讓你來，你怎麼還來我家呢？你不就成了不聽話的孩子了嗎？」老趙故意逗金鎖。

「我，我不告訴爺爺，爺爺就不知道我來。」

「那你不成了撒謊的孩子了嗎？」

「那我也不知道了。」金鎖如實回答。老趙像變魔術似的，從西屋裡掏出一塊長方形蛋糕來。

金鎖早就饞了，跳起腳來：「給我，給我。」

「你記著，要別人家的東西，得說謝謝，要有禮貌。你說謝謝我就給你。」

「謝謝老趙。」

「你這麼小，不能管我叫老趙。這是沒有禮貌的，老趙是大人叫的，你得叫我大伯。重來。」

金鎖臉紅了，眼皮垂下來，眼睛顯得更小了，乾脆什麼也不叫，蛋糕也不要了，起身就走。

「太倔強了，跟你爺爺一樣。」老趙最終把蛋糕給了金鎖，給得有點勉強。

金鎖掐著蛋糕，塞了滿嘴，腮幫子鼓脹著，金鎖很難吃到這麼香甜的蛋糕。金鎖吃完了，邊跑邊回頭喊：「謝謝大伯。」

老趙笑了，孩子還是懂事的。看著這個調皮的搗蛋鬼跑了，老趙心裡美滋滋的。從這個孩子的身上，老趙似乎看見老料年輕時候的樣子。

「老料命好啊，有這麼一個寶貝孫子。」別看金鎖才七歲，想法挺多，特別聰明伶俐。

老趙看著金鎖黝黑發亮的小眼睛，滿目慈祥，有這麼個小孩三天兩頭來鬧鬧，清淨的院子顯得熱鬧許多了呢。

老趙捏著下巴沉思著：不行！好孩子不能毀在他老料手裡。

別看老料不搭理老趙，但老趙不在乎。和一個沒讀過書又愚鈍的農人有什麼計較的？

金鎖是個好孩子，不能讓他毀在這個貧困的家裡。一個孩子的成長，吃不是重要的，穿也不是重要的，甚至自然環境也不太重要，而人的環境太重要了，跟什麼人學什麼人，從小灌輸什麼想法，長大就決定是什麼人。

年輕的時候，老趙與老料是好朋友，後期發生的事情讓老料變了，但是，老趙決定不計前嫌，暗中幫助老料一下，一個長遠的計畫在老趙的心中醞釀著。

第一章

金鎖上學啦

金鎖家住在山裡最東邊，獨占一面，沒有鄰居，房東就是大山根。三間石頭房窩在山下的小凹槽裡，冬天不冷。東牆下的薑菜辣花，到了十二月分還開得火紅火紅的，葉子碧綠，與季節對抗，盡量把花期延長，為這個破敗的院落增加幾分色彩。

西房山牆倒塌了好多次，爺爺從河邊撿回來別人扔的舊磚頭堵著，石頭中間夾著幾塊紅磚，房牆好像被補了一塊，很不協調。

爺爺是個出了名的笨人，什麼工作都做得不好。房頂上的煙囪，像個漆黑的土猴蹲在一邊，那是爺爺根據風向堆的泥巴，有些歪了，還鼓出了大包。天黑一看，好多人以為房頂上來了野猴子，好事的還往房頂上丟過石頭呢。

「猴兒」的腦門上，總是冒著稀稀拉拉的白煙，與山裡的雲霧交融在一起，分不清是炊煙還是雲霧。

金鎖喜歡看煙囪冒煙，他有戀煙情結。

看房頂上不冒炊煙，證明爺爺不在屋裡燒火，那種清冷會冷到骨子裡。

煙囪裡有煙，證明爺爺在家燒火，鍋裡說不定會有好吃。不過這種情況很少出現。

金鎖九歲那年，被爺爺哄著、打著、嚇唬著，終於去了學校，金鎖終於走出了那個石頭小屋，走進了教室。

在金鎖家的西邊，有個馬大奶奶孤身一人居住，算是鄰居。馬大奶奶針線手藝極好，心地善良。

她為金鎖縫了小書包，還用藍紅格子的破雨傘布縫了一個筆袋，裝上了紅色拉鍊。金鎖背在身上，感覺還挺美。

馬大奶奶沒讀過書，看不懂牆上的老式掛鐘。但馬大奶奶會聽聲。大掛鐘噹噹響兩聲，馬大奶奶知道是兩點了，響三聲，知道是三點了。

有一天兩點半了，馬大奶奶的兒子二小還沒回來吃飯。馬大奶奶站在門口的台階上那麼一喊，這句話馬上長了翅膀，飛到了金家店所有人的家裡，成了大家茶餘飯後的笑料。

「二小哇，都兩下零一下了，快回來。」

在金家店，誰還把兩點半叫兩點半？都叫「兩下零一下」。

可惜馬大奶奶命運多舛，唯一的兒子發生了事故，在山裡撿蘑菇的時候不慎墜入懸崖，白髮人送黑髮人，扔下馬大奶奶一人艱難度日。

金鎖上學了，爺爺少了一塊心病，也有時間去地裡工作了。他也不指望著金鎖能有多大出息，出門認得男女廁所，下雨知道往屋跑，能算個零頭小帳，就行了。

第一章

每當吃完了晚飯，金鎖端著書本有模有樣念著課文，爺爺看著美滋滋的。爺爺壓根兒就沒有太大的理想，不知道一個人可以念很多書，讀完了小學、國中、高中，還有大學、研究所、博士之類。

「有飯吃就行了吧。」這是爺爺對金鎖的盼望，就好像老牛對牛犢子一樣，呵護著、餵養著，但不能給金鎖更大的精神世界了。

「那是誰呀？不愛上學。像抓豬似的，撕心裂肺號叫，還張嘴罵人呢。那是誰做的好事呀？」爺爺看見金鎖讀書，總是嘲笑他剛剛進入學校時候的樣子。

金鎖起身捂著爺爺的嘴巴：「我都這麼大了還逗我。」

開始時金鎖不愛上學，金鎖最害怕最煩的，就是見人。那時候，爺爺很有耐心，每日哄著、騙著，軟硬兼施，甚至大方煮一個雞蛋，塞進金鎖書包裡，每天陪金鎖上學。爺爺背著小書包，牽著金鎖的手。他低頭看一下眼淚汪汪的孫子，笑得很壞：「小毛驢這回套上小夾板了，在學校有老師管教啦。」

「上學去呀，老料？」

「嗯哪，我也上學啦。」

金鎖聽見人們的問話，抬頭看著爺爺。「爺，人們怎麼管你叫老料？」

「一邊去！我早就料到你會這樣問我。」

金鎖笑翻了，本來就小的眼睛，成了一條縫，兩顆門牙好像老品種的白苞米，又大又白。大大的蒜頭鼻子一笑起來，鼻子尖快頂到嘴唇了。

度過了懵懵懂懂的一年級，金鎖的讀書生涯才算走向正軌，每日不用爺爺督促著起早掀被子了。

趁著爺爺不注意，金鎖總是偷偷往老趙那裡跑，進屋就待半天。他往往是空腹進去，撐著出來，打著飽嗝。爺爺發現點蛛絲馬跡，追問金鎖：「在哪裡吃的飯？」

金鎖想了想說：「馬大奶奶家。」

「那行，以為你又不要臉去老趙那裡蹭飯。我告訴你，窮死，餓死，都不要去他家。離他遠遠的，老奸巨猾的東西。」

爺爺越阻止金鎖去老趙那裡，金鎖就對老趙越著迷。所以金鎖必須騙爺爺，對爺爺撒謊，爺爺就信以為真了。

爺爺曾經背後調查過這件事，特意跑去問馬大奶奶金鎖是否在她家吃飯了。馬大奶奶知道爺爺的脾氣，怕金鎖受苦，謊稱是在她家吃的飯，這樣爺爺才放心。

「爺爺，問你一件事。大漠孤煙直，下一句是什麼？」

「你問我，我問誰去？你在學校不學了嗎？」

「爺爺，什麼叫銳角，什麼叫鈍角？」

第一章

「書上的事，以後別問我。」

「那我問誰去？」

「愛問誰問誰去，反正它認得我，我不認得它。」

「那我去問趙大伯，他知道，他什麼都知道。」

「小兔崽子，難道學校的老師都不會？老師都不會還去上學幹什麼？回家吧，別上學了。」

金鎖真是服氣了，爺爺耍起賴來，真是榆木腦袋不開竅。有些問題，金鎖經常偷偷去請教趙大伯，金鎖感覺趙大伯比學校裡的老師知道的還要多呢。

村裡人都知道老趙與老料井水不犯河水，也願意幫金鎖掩護，跟著老趙多接觸，耳濡目染，總比跟老料學得多。

這真是個笑話，爺爺卻怎麼也料不到，全村人合起夥來騙他。

老趙是村裡德高望重的老人，被老趙欣賞的孩子，那是孩子的榮幸呢。村裡有好多孩子來老趙這裡看書，問些問題，有的孩子家長怕為老趙找麻煩，或者怕老趙多想，阻止孩子來老趙家。畢竟金鎖是窮人家的孩子，沒爹沒娘的，其他孩子和金鎖比不起。所以，多數時候，老趙家裡只有金鎖一個人，金鎖站在書櫃旁翻來翻去看著、學習著，像個飛進花叢中的小蜜蜂，貪婪吸吮著營養，一站就半天，看得忘了時間。

女大十八變，男孩子大了也變好看了。金鎖到十一歲的時候，飯量大增，個子猛長，擺脫了那個乾巴瘦小的毛孩的樣子。因為學習好，頭腦聰明，老趙更加喜歡他，經常講大道理給金鎖聽。

金鎖很懂事，也勤快。山裡道路不好走，遇上上坡路，有人用力推著車子，不管是誰，金鎖總要幫忙推一把。金家店的人都誇獎金鎖，在每天上學放學的路上，都會收穫好多「謝謝、懂事」之類的誇獎詞。

林曉美

幾天前，金鎖砍柴回來，發現路上有一個女人，推著小推車費力往家走。車上裝著一袋玉米麵，她去糧米加工廠磨麵去了，山路坑坑窪窪，實在難走。就在她累得筋疲力盡的時候，金鎖上來幫忙，幫助她把車推到家。這個人是金鎖同學林曉美的媽媽。

為這事，林曉美的媽媽經常誇獎金鎖怎麼懂事、怎麼功課好，扛了多麼大的一捆山柴。

林曉美早就知道媽媽的那點小心思，媽媽是醉翁之意不在酒，旁敲側擊，為女兒樹立榜樣，藉機敲打女兒呢。林曉美實在是太懶了，什麼工作都不做，每天就知道臭美。

第一章

林曉美經常纏著金鎖不放，金鎖躲狗屎一樣躲著她。林曉美，是金鎖的剋星，她跟金鎖一個班，總是跟金鎖作對。因為她的告密，金鎖沒少挨罵，金鎖防賊一樣防著她，可總是落入她的魔掌。

金鎖真弄不懂，上輩子造了什麼孽，遇上這個冤家，整天像個小巫婆一樣跟著他，甩都甩不掉。這讓金鎖有一個錯誤的判斷：女生都是煩人的。他心裡恨死了女生。

上學路上，林曉美不知道從哪裡鑽出來，截住金鎖就問：「金鎖，你家煙囪早早冒煙了，做什麼好吃的了？」

金鎖躲開她，冷冷回答：「燉肉，小雞蘑菇粉吃夠了。」

「哼，學會吹牛了。」林曉美當然不信，金鎖家能燉上肉？

其實，林曉美的口袋裡，藏著一塊法式小麵包，裡面還有雞蛋黃呢。她不缺少吃的，總想偷偷幫金鎖留著，希望看到高傲的金鎖因為她的施捨而高興的樣子。

金鎖自吹自擂的話、冷冷的態度，讓林曉美的小麵包沒法拿出來，在口袋裡捏個稀扁、稀碎，最後掏出去扔了，地上像下了一層白雪。山裡的山喜鵲特別多，牠們看見食物，一群一群俯衝下來，嘎啦嘎啦叫得歡快。

金鎖一路小跑，離開林曉美，他發誓，如果林曉美再這樣無聊就揍她一頓。但他始終沒敢揍她。

林曉美像個小公主，她穿得最好，吃得最棒，長得最美，是班裡的班花。她爸爸在金礦當班長，媽媽是街裡民營企業鑄造廠的會計，每月都有大把的現金收入，全村她家最先買的轎車，儘管那是二手車，也讓金家店人羡慕不已。

金鎖暗中挺羡慕林曉美，別看她成績不好，考試在班級裡排在最後，可她毫不在乎，每日騎著藍黑相間的腳踏車，書包上掛著時髦的小飾物，好像雜誌裡的時尚女孩一樣。

她的便當裡總是雞鴨魚肉，她周圍總有三四個跟屁蟲拍她的馬屁，她也很大方，買方塊雪糕給他們，比普通雪糕貴五元呢。

她還偷偷擦口紅，畫眉毛，小臉擦得粉白粉白的，一頭烏黑的秀髮，變換花樣編辮子。不得不承認，林曉美確實如她的名字一樣，一笑兩個小酒窩，真的很美，不愧是班花。

在班會上，老師多次不點名批評過她，說某某同學不把心思用在讀書上，熱衷於穿著打扮，擦口紅，梳奇形怪狀的髮型，以後大家監督，發現就報告老師。全班同學幾乎都扭頭看林曉美，可是，他們都吃過林曉美買的東西，沒有一個打小報告的。

林曉美有個專長，就是能唱歌，可以自豪的說，她是金家店的「百靈鳥」。她的嗓音嘎嘎脆，清澈乾淨，學校辦個文藝節目什麼的，她高興死了，那是屬於她的舞台，她被稱為小歌星。

誰家辦喜事，如果她參加，總要被拉到音響面前唱上一曲，比聘請的專業歌手還有氣場呢。主人一高興，賞賜她十塊二十塊，她就樂滋滋裝在口袋裡，人家條件好，不用「上繳國庫」。金鎖很羨慕林曉美的家庭條件，也羨慕她能唱歌

獲得掌聲，這掌聲在金鎖的心裡很華麗，它能使一個人更有尊嚴。別看林曉美功課不好，可是她有錢，長得好看，又能唱歌，好多人都特別喜歡她。

能夠獲得掌聲的人，是不平凡的人。金鎖經常在老趙那裡看書，心裡想的事情比以前豐富多了。好多關於鼓掌場面的描寫，讓金鎖十分心動，他希望有一天也能獲得嘩嘩的掌聲。

金鎖故意氣林曉美，撒謊說燉肉了，可內心對肉的幻想更強烈了——什麼時候能吃上一頓肉就好了，哪怕是肥肉片子，也能吃一大碗。

金鎖自己都奇怪，肚子好像是橡皮做的，怎麼這麼能吃啊?總也填不滿似的。爺爺太煩人了，非得在潔白的大米裡摻雜點小米煮飯，想吃一頓一色白的大米飯，比要他命還難受。最好的伙食，就是撿塊豆腐拌飯，摻點葷油、蔥花、醬油，金鎖一頓吃五碗。

現在，在金鎖的心裡，除了吃的，其他都不想，因為其他事對金鎖來說，不

算什麼事。

比如數學、國語、英語，凡是在學校裡學的，都不是什麼事，金鎖連鬧帶玩，都學會了，這點，讓全校師生對金鎖刮目相看。特別是數學老師，那個頭髮花白但年齡不大的老師，見了金鎖就瞪大眼珠子，好像金鎖是外星人，那眼神滿是憐愛。

有一次，金鎖闖禍了，課間玩耍的時候，有個球滾到他的腳下，他一腳踢出去，那球跟他作對似的，朝玻璃飛去，嘩啦啦，玻璃的破碎聲很慘烈。老師追問兩天也沒有查到結果。這件事讓金鎖百感交集，覺得同學們太有義氣了。

但林曉美偷跑到辦公室，去老師那裡告密了。當金鎖看著她邁著驚慌的步子從老師的辦公室裡出來的時候，金鎖下定決心，教訓林曉美的時刻到來了。

可當班導吳老師把金鎖「請」到辦公室的時候，第一句話便問：「金鎖，你的國語基礎知識這麼牢固，幾乎一個字都沒錯，在家誰教你的？」

班導每次查閱金鎖的考卷，都啪啪啪敲打幾聲，驚喜把卷子捧給辦公室裡其他老師：「看，這個金鎖，長得又呆又傻，但這考卷答的，無可挑剔！看這字寫的，別看大小不一，但有風骨。這孩子背後肯定有高人指點。」

從辦公室回來，金鎖想，既然老師沒有批評他，這次就放過林曉美。金鎖就是饞，對每日雷打不動的小米粥、高粱米粥、鹹菜，吃得厭煩透頂，每日面對這些單調的飯菜，表面看吃得狼吞虎嚥，其實是金鎖在跟飯菜鬥爭。

你不就是高粱米飯嗎?不就是破鹹菜嗎?看我怎麼收拾你們。吃飯跟上戰場打架似的，得先下決心，吃著吃著就吃上癮了，吃得飽飽的，吃得壯壯的了。

爸爸的家

暑假到來的時候，正是農閒，家裡沒什麼事情，爺爺除了幫毛驢割草，就是睡覺。這個時候山柴青綠，不適合打柴。春花謝落，青青的果子掛在枝頭，只有知了在樹林裡孤獨叫著。各種鳥兒做了媽媽，每日忙著捕捉食物餵養小鳥。

金鎖在一個星期之內就把作業全部做完了，這讓他玩得很放心。可家裡實在是沒什麼好玩的，屋裡屋外閒逛，無所事事。

別的同學被家人領著，趁著假期去看大海，去看古蹟，去各種地方遊玩，金鎖只能自己爬上家門口的大山，站在山頂上遠眺。

山之大，山之偉，讓金鎖震撼。金鎖望著蒼茫的遠方，若隱若現的村落，心裡總是升騰起無法言說的絲絲哀愁，說不清道不明的。

金鎖想去看看爸爸，想去那裡住幾天，總去趙大伯家感覺不好意思，有時候金鎖正在跟大伯聊著，發現大伯已經發出了鼾聲。畢竟，大伯也和爺爺一樣，是上了年紀的人。

爸爸那邊托人帶信來，讓金鎖去，儘管金鎖和爸爸接觸得不多，甚至感覺爸爸很陌生，但「爸爸」這個稱謂在心裡始終最為神聖，高如大山，深如大海。金鎖嘴上說不出來，但是對爸爸總是牽扯出一根連著血脈的線，這根線讓金鎖時時疼著、念著。

有些事，金鎖以前不在乎，現在金鎖特別在乎。每到開學的時候，學校要交錢，爺爺總是讓人帶消息去給爸爸，叫他拿錢來給金鎖。

爸爸總是在忙碌中匆匆忙忙回家一趟，當爸爸把錢從口袋裡掏出來，交給金鎖，金鎖接過帶著爸爸的體溫、帶著爸爸汗水的錢，就感覺欠了爸爸太多，爸爸一身疲憊的樣子讓金鎖也很疲憊。

肩負兩家，也苦了爸爸。

金鎖下定決心，終於上路了，跑得大汗淋漓，看見了那個小山村。爸爸家和金鎖家隔著兩個山頭，不太遠。

這個家裡比金鎖家寬敞一些、明亮一些，大概是因為有女孩的緣故吧，牆上黏貼著明星圖片，他們是電影明星，還有歌星。圖片上明星們美麗且時尚的穿戴、髮飾、造型，把時代的氣息以這樣的方式傳達出來。儘管家裡的條件與這些相距甚遠，但人們的心裡有了這樣的暗示，心裡會不由自主把歌詞與電視劇裡的內容與明星聯繫在一起。生活，還可以是那個樣子的，多麼令人興奮、富有激情、富有生氣，讓人懷想。

金鎖被爸爸和那個阿姨強行拉去洗了澡，剪了髮，從裡到外，買了新衣服，還幫爺爺買了好吃的、旱煙和鞋帽衣服等。阿姨對金鎖很好。金鎖心裡叫這個女人「後媽」。

但是，金鎖不喜歡爸爸家的兩個女兒，她們嘰嘰喳喳，無法無天，金鎖每次去，都被她們欺負，而爸爸總是不分青紅皂白先打金鎖，把錯誤都歸到金鎖身上。

「金鎖，你去把豬糞收拾了。」

「金鎖，摘蔥葉去。」

「金鎖，給點寫作業。」

金鎖是個勤快的孩子，被爸爸家的兩個小姐姐支使來支使去的，這倒沒什麼，男子漢大丈夫做點工作算什麼？可是吃飯的時候，她們倆把菜碗放在自己身邊，金鎖站起來夾還用力。實在夾不到，金鎖乾脆不吃菜，乾吃飯。

後媽吆喝她的兩個女兒，可兩個女孩子嘻嘻笑著霸占著菜碗，就是不讓金鎖吃。

金鎖從林曉美身上總結出來的「女生都是煩人的」結論，這兩個姐妹正驗證了金鎖的判斷。

金鎖跟她們吵起來，金鎖當然不是兩個小姐妹的對手，兩人合起夥來欺負他一個人，金鎖又不敢下手打她們，氣得要爆炸了。特別是老大，總是挑起事端，巴不得一輩子看不見金鎖才安心。

金鎖看見她們圍著爸爸叫得親，金鎖總感覺爸爸是她們的爸爸了。

金鎖氣得哭著跑回來，望著哭紅了眼睛的金鎖，爺爺心疼了，打他大孫子等於要了他的命。

爸爸回來的時候，爺爺故意甩了臉色，在爸爸面前哭得一把鼻涕一把淚：「我這麼大歲數老頭子，伺候一個孩子又吃又穿的，我容易嗎？也不知道可憐可憐孩子，你們不關心也就罷了，還打他，讓他活不活？」

爺爺這樣數落爸爸，爸爸生氣了，衝金鎖吼道：「就你事多，以後就在家待著，哪兒都別去。」

金鎖委屈的躲在牆角，想哭，但是又哭不出來，把一本書劈裡啪啦摔來摔去。

「據我所料，都是你這個小禍害惹的事。」

「閉嘴！」金鎖終於控制不住爆發了，書飛到屋梁上去了。

金鎖很少去爸爸家了，很長時間見不到爸爸了。金鎖也不去老趙家了，很長時間沒有見到趙大伯了。

第一章

大亮超市

在村子的最西邊，有一家大亮超市，這個超市是唯一吸引金鎖的好去處。

超市裡賣各式各樣的東西，這些東西把金家店的生活從原始古樸引到現代化上來，儘管都是便宜的地攤貨，但不影響人們對美好生活的追求。

比如房頂上掛著的外衫，非常時尚，一百元一件，與市裡的品牌貨一模一樣，就是價格之差。

超市里開始有各式各樣的小食品了，洋芋片、香腸、雞翅、果凍，各種小吃，價格便宜。有一種香腸，二十五元四根，有人說是城裡人餵狗餵貓的，可村裡的孩子當寶貝一樣，有時還吃不到呢。

大亮超市也是新聞的發布現場，哪國跟哪國打起來了，哪個國家發生了地震，村裡誰家母豬生子，誰家毛驢賣了多少錢，哪個孩子功課好……大到國家大事，小到雞毛蒜皮，都在大亮超市散布開來，也都在大亮超市帶回去，茶餘飯後，閒聊一通。

大亮倆口子是身材矮小的人，不算侏儒症，但都在一百五十公分以下，胖墩墩的，走路咚咚響。他們倆口子都特別善良仁義，知道金鎖家的情況，金鎖買一塊錢的豬肉，大亮媳婦也賣給他。隨便切下一塊，連肥帶瘦，也不秤一秤，用塑膠袋一包遞給金鎖，大亮媳婦就瞪著圓圓的小眼睛笑眯眯看著金鎖。如果秤了，恐怕幾十塊錢也不夠。

一般情況下，家裡唯一能改善食物的，就是雞蛋。實在饞得咽不下飯的時候，爺爺打了一個雞蛋炸醬。金黃的雞蛋被爺爺攪和稀碎，這真是爺爺的本事，連玉米粒大的雞蛋塊都找不到。用筷子點點，放在嘴裡嚼，真是下飯的美味了。

雞蛋簍裡，其實有好多雞蛋呢，那是為大亮超市囤的。

大亮去城裡進貨，順便把金鎖家的雞蛋拉到城裡去，城裡人叫農村雞蛋「笨雞蛋」，這是綠色食品，小雞在山上自然覓食，雞蛋特別香。他們花高價買這種雞蛋吃。農家雞蛋確實是好吃，蛋黃焦黃焦黃的。

金鎖已經四年級了，開銷明顯增大，這錢全是賣雞蛋存下的。

金鎖也有努力吃一頓雞蛋的時候，那是兒童節這天。

爺爺「老奸巨猾」到頂點，把金鎖的生日改到了兒童節。

其他孩子在這天有去城裡的、去遊樂場玩的，這些事金鎖想都別想。

這一天爺爺很開恩，一咬牙為金鎖煮了一瓢雞蛋。金鎖靠著床邊，扒開一個，一掰兩瓣，一口半是蛋黃，一口半是蛋白，一個雞蛋吃四口。一瓢雞蛋全都扒光吃完了，晚上睡覺，金鎖打嗝會冒出雞糞味來。連續一個月，金鎖看見雞蛋就噁心，吃膩了。

幾個月後，爺爺跟人聊天，說起這件事，原來他是故意的。他就是讓金鎖吃膩，讓金鎖看見雞蛋就躲著。

那個時候，金鎖第一次對爺爺產生恨意。

大亮超市

第二章

分墳

一個春日的早晨，爺爺翻身坐起，圍著髒兮兮的破被子，被子打了一塊補丁，圓圓的像一塊燒餅。這還是他老伴活著時候補的呢。

想到燒餅，肚子馬上咕咕叫了，什麼時候能吃上一頓像樣的餡餅多好啊，爺爺最愛吃餡餅了。可是，家裡一個老頭領著一個小孩，把麵粉變成餡餅，比上天還難。

這個家裡，做麵食的問題永遠是大難題。

爺爺找過紫槐條子編織的煙笸籮，放在被子上。往裡一瞧，只剩煙末兒了，爺爺用手端著煙笸籮晃著，撕開一個過期的日曆本子，一個大大的黑色的「五」字被捲起來。

爺爺盯著這個數字看了半天，這個數字好像活蹦亂跳的小鳥，在眼前跳來跳去，今天有種預感，冥冥之中好像與這個「五」字有關。

爺爺沒受過教育，脾氣軟，也說不出來什麼大道理。爺爺總是自以為是張口閉口「我早就料到」，或者說一些農家諺語。假如爺爺在村裡消失，一時半會兒都不會被人注意到。

正因為這樣，金家店所有的好事都與他家無關。南山窪他撈不到。村裡有賺錢的事，他也從來沒有做過。

第二章

上面發下來的衣物他也得不到。後來聽說了，等他到了，只剩下幾個大褲子和一些女孩子們穿的高筒襪子，再來就是小學生的書包。

鎮上發下來的物資更沒有他的份。只有村民選舉的時候，那些競爭的人才想起爺爺來。這一票很重要。爺爺不會寫字，競選的人事先發個紙條給爺爺，爺爺照葫蘆畫瓢，把人家的名字寫得比眼珠子還大，唱票的時候，一眼就能認出這是爺爺寫的了。

當然，爺爺就這樣得罪人了。競爭對手四五個，爺爺只能寫一個人。如果這個人沒當選，新上來的人更看不上爺爺了。

「金鎖，金鎖！」

爺爺嘶啞的嗓子喊幾聲，沒有看見金鎖的影子。這一大早跑哪裡去了呢？沒有聞到飯菜味。爺爺砸著自己的雙腿，這雙腿還能一瘸一瘸的走路，吃點藥片撐一撐，還能扶著犁杖種田。

一旦臥床可怎麼辦呢？金鎖是個懂事的孩子，如果是現成的飯，他起來熱，不讓爺爺起來。爺爺摸摸褲子口袋，那個讓他既幸福又恐懼的紅色藥水，被他焐得熱乎乎的。這是爺爺在三年前就偷偷預備下的鼠藥。萬一到了臥床不起的程度，爺爺發誓一口就喝了它，結束生命，不留下後患給孫子，不拖孫子的後腿。

現在，爺爺非常注意身體，一些工作也放手讓金鎖去做，希望自己能多活幾年，把金鎖撫養成人。

爺爺慢慢穿好衣服，從床邊把被子一直捲到床裡去，靠著窗台，晚上再捲回來。

爺爺下了床，到廚房一看，一鍋開水還冒著熱氣，掀開鍋蓋，鍋裡什麼都沒有。

這小子，今天怎麼沒做飯呢?飯菜都是現成的，只需放在鍋裡加熱就好。

爺爺只好把剩菜剩飯擺進鍋裡，抱來一捆山柴，點燃，一股火苗躥出來，差點燎著爺爺的鬍子。

太陽爬過東山頂，陽光從山頂上傾斜下來，整個金家店輝煌一片。遠處山坡上有人趕著毛驢車往地裡送糞。四面青山淡綠一片。小溝裡流淌著清澈的泉水，雞鴨鵝都出來了，在溪水裡撲騰，嘎嘎叫著，挺胸抬頭的大公雞，清亮的鳴叫聲能傳到山外去。

爺爺嘆著氣，金鎖還沒回來。怒火在爺爺的胸膛裡一點點燒起來。

就在爺爺又氣又恨又盼的時候，金鎖氣喘吁吁跑進屋裡，衣襬撩起來，用兩手拽著，放著好多東西。金鎖滿臉喜悅，進屋把衣襟放下來，嘩啦啦，滿床的花花綠綠的各式各樣好吃的一大堆，嘰哩咕嚕滾滿床。

這堆東西裡，有通紅的蘋果、金黃的橘子、紅色的大棗，還有香蕉、桂圓、葡萄，甚至還有叫不上名字的水果，其實那是火龍果，爺爺沒見過。

第二章

有褐色棗糕、黃色蛋糕，有熱騰騰的麵包和饅頭。有好多餃子，煮熟的雞蛋。香腸、豬蹄、燒雞，甚至有一盒香菸，還有一瓶酒，菸是好菸，酒是好酒。還有一些成堆的小食品，花花綠綠一大堆。這些好吃的東西，成了大雜燴，混在一起，有的沾滿泥土、草屑、黑乎乎的灰塵。

「你從哪裡拿來的？是不是超市裡過期的東西？如果是過期的食物，孫子，我們就是饞死也不能吃啊，萬一吃壞了怎麼辦？」

「不是過期的，爺爺，我今天沒熱飯，就是想弄這些好吃的拿回來給你。現在我們開吃吧。」

金鎖眉開眼笑撕開一個花包裝，從裡面掏出什麼東西來塞進嘴裡。

爺爺聞到一股香味。金鎖揪下一塊放進爺爺嘴裡。

「據我所料，是你混進辦事的人家，趁人不注意，偷的。不說明白，我不吃。別看我們家窮，但丟人現眼的事我不做。」

「爺爺，我忘了告訴你，我分的墳比他們多，所以才有這些好東西。」

「分墳？到底怎麼回事？」爺爺聽得毛骨悚然，忙把嘴裡的東西吐在手上。

「今天是清明節，後山的墳地裡，好多人來上墳，好東西都是他們拿來的。」

爺爺忽然想起剛才撕下的日曆上大大的「五」字，今天是清明節，家家戶戶都去墳地燒紙祭拜。

「怎麼還分墳？」這幫小子太大膽了，人多起哄，爺爺很享受的吃著，內心裡也擔憂著。

金鎖眉飛色舞描述著，有的分到十個墳頭，有的分到八個墳頭，大家剪刀石頭布決定誰要哪片墳地。

「爺爺，我今天特別幸運，最大的帶有墓碑的墳頭歸我了。」

金鎖把好幾個塑膠袋都撕開來，一個一個讓爺爺嘗嘗。

「爺，我發現，有墓碑的大墳的人有錢，開著轎車，他還跪下來磕頭呢。他們家的墳上全是花，是真花呢。菸和酒都是大墳上的，燒雞和豬蹄也是大墳上的。其他的墳只有糕點和水果。」金鎖吃得滿嘴巴子沾油，喜滋滋跟爺爺報告著。

「爺，等你死的時候，我也去上墳，也幫你買好吃的。」

爺爺掄起巴掌，高高舉起，輕輕落下，笑罵一句：「你這虎小子，這點彎沒轉過來。到底是個孩子。」

金鎖愣愣看著爺爺，也沒說錯話呀。

爺爺把金鎖的這句話跟馬大奶奶說了，結果這句話流傳開來，成了金鎖的一句經典名言。人們看見金鎖就逗，金鎖紅著臉逃跑了。

沒有想到，祭祀去世的人，讓活著的人解饞了。爺倆吃口這個，又吃口那個，比過年都豐盛。

「據我所料，你說的大墳是老吳家的祖墳。他們家有個小子吳老二，上了大學，畢業後為大老闆開車，可有錢了。他這是回家上墳來了。」爺爺一邊咬著蛋糕，喝著小酒，抽著香菸，跟金鎖講著老吳家的事。

金鎖又羨慕起吳老二來，幻想自己也有個轎車，也要像吳老二一樣，穿著好看的衣服，上墳買好多東西，比吳老二還多的好東西，那才厲害呢。金鎖甚至希望自己上的墳比吳老二還多，漫山遍野都是金鎖的墳。

金鎖自己也沒有想到，幾個月後，他恨死了吳家人。

希望

最近，金鎖十分興奮，村子裡流傳著一個訊息，讓祖孫倆的內心充滿希望。

也不知道是誰透露的，說今年春天土地要重新調整，南山窪裡那片平整的好地，合約到期了，要重新分配。增加人口的，病逝搬遷的，多了拿出去，少的給填補。

別看金鎖長這麼大了，還沒有戶籍呢，這次調整，金鎖家會有土地分進來。這可真是天大的好事。民以食為天，土地是農民的衣食父母，沒有土地就沒有好的生活。

除了南山窪那片好地需要分下去，西坡還有一片山坡地，叫旱龍道，也要分配下去。

所謂機動地，就是隨時可以調整有活動範圍的土地。隨時可以抽出來作為臨時的土地調節，是暫時抽籤承包給個人的，現在也到期了。

旱龍道也要重新分配，人們對這片地不感興趣。種十年扔九年，連本錢都回不來。但是，旱龍道這種破地，如果不缺少雨水的話，也能有八成收入，有總歸是比沒有強些的。

十五年前，村裡鼓勵村民安裝家用電話，裝一部電話要交一萬塊錢，村子另外補三畝好地給每戶，即南山窪那片地。

金鎖家，既沒有錢安裝電話，也沒有能力得到南山窪這樣的好地。有人說，去了裝電話補的地，還剩下十多畝地，全部被吳老大承包了。吳老二有錢，一次性拿出一萬多塊給他大哥。最後這片地，竟然屬於城裡人吳老二的了。

老百姓敢怒不敢言，因為沒有人家有錢啊。這就和賣古董競標一樣，一般人承包不起。

安裝家用電話的，都是村裡條件好的人家，比如開超市的、殺豬的、村醫、獸醫、

第二章

村長們。這些人家除了土地，還有其他的收入。

現在，金家店的「電話地」到期了，整個金家店的人眼睛紅了，大家都盯上了。金家店所有的農民，都翹首以盼。

旱龍道就沒人惦記了，那破地，有還不如沒有。不種吧，可惜；種了吧，種子化肥人力物力幾乎白搭，甚至顆粒無收。

人們三三兩兩一夥，蹲牆角靠大樹，談論的全是南山窪與旱龍道。

金家店實在是太窮了，多有幾條壟，是這些農民唯一的期盼。

金鎖對這些很麻木，甚至無動於衷，他才不尋思金家店所謂的大事。什麼南山窪、旱龍道，金鎖想都不想。他對山坡上一個鳥窩很感興趣，經常去觀看，看看小鳥什麼時候能孵化出幼鳥來。

在金鎖圓圓的腦袋裡，有個自己認為無法言說清楚的事情。那就是，他能用頂呱呱的學習成績，找到自己的自尊。

當金鎖第一次感受第一名帶給他的尊嚴的時候，金鎖就嘗到了這個「甜頭」。因為功課好，老師和同學讚許的目光，能修補露著腳趾頭的鞋子，這是他唯一值得驕傲的法寶。所以，金鎖越來越喜歡讀書，越讀書成績越突出，竟然得到金家店小學「學霸」的美稱。

如果說金鎖對土地有所希望，那就是，希望不要抓住土地才好，不管是什麼南山窪還是旱龍道。在地裡做農事就是不爽的事。

金鎖不是懶人，但得做有意思的工作，枯燥的工作他不喜歡，比如拔草，磨磨嘰嘰，越做越煩人。誰如果說他喜歡工作，那保證是虛偽的。

金鎖喜歡做那種痛快的工作，比如割玉米稈。鐮刀掄過去，刷刷刷倒下一排，像機關槍掃射，那才過癮。而其他工作又累又髒，毫無樂趣。

爺爺說他不正經，金鎖頂撞爺爺：「我會寫作文，你不會寫。你也不正經啊？」

爺爺氣得乾瞪眼：「這都跟誰學的？背後肯定有人教唆你。」

金鎖忙閉了嘴，爺爺總是含沙射影攻擊老趙。

全班同學裡，只有金鎖去地裡種田，他的雙手又粗又糙，掌心有了一層硬繭子，都不像個少年的手了。所以，這個春天裡，人人希望的好事，金鎖才不希望，巴不得家裡的地也被分掉才好。

第二章

雨辰的決定

有一天，金鎖放學從後街走，因為前街前一天走過了，路上的礦泉水瓶和一些紙片鐵片撿光了。

村裡的三條街，雖然七扭八歪，東繞西拐的，也能通過這些土路繞到家裡。

金鎖隔一天就換一條街，總有收穫。金鎖的口袋裡永遠揣個隨身袋，在放學的時候，一路走一路撿，路上的鐵絲頭、馬蹄鐵釘、飲料瓶、破鐵皮、酒瓶子，全都撿回來，堆在一起。爺爺在家幫他分類，裝在袋子裡。他們囤上一個月，一起拿出去賣，就能賣三四十塊。祖孫倆撿塊豆腐，用大白菜一燉，吃得又香又飽。

趙大伯在後街住，金鎖路過趙大伯家的時候，大伯站在屋門口，朝金鎖擺了一下手，示意金鎖進屋。

金鎖有幾天沒去趙大伯家了，見大伯跟他擺手，拎著破爛進了院子。

趙大伯跟金鎖向來都是打手勢，不需多說什麼，兩個人彼此默契，心裡明白對方的意思。這點很讓金鎖敬佩，金鎖喜歡這樣默契的感覺。

金鎖走到門口，趙大伯的院子總是收拾得乾乾淨淨，連柴葉都沒有，牆頭上擺放著乾樹枝子，長短一致，齊刷刷好規整，好像藝術品一樣在牆頭上展示，讓人看了不忍心拿去燒掉。走進這樣的院子，感覺特別舒服，心情舒暢。

金鎖來過趙大伯家好多次，可每次都好像進入了新環境，有新的發現。乾淨的感覺真好。想想自己家的院子，從大門口到屋裡，幾乎踩不到地面，全是亂柴雜碎。回家得收拾收拾自己家的院子了。

趙大伯滿懷笑意，摟著金鎖的肩頭進了屋，金鎖剛想開口問什麼事，但見大伯已經擺好飯桌，一盆肥豬羔子一樣的大蒸餃擺在飯桌上。金鎖一眼瞥見飯桌上有兩雙筷子，兩個小碗，頓時就明白了。

「快坐下，吃肉餡餃子。驢肉餡的呢。」

金鎖跳上床，兩隻大鞋一甩，地上一隻，床上一隻。他抓起大餃子就咬，太香了。

老趙看著金鎖笑了，在心裡說：「老料啊老料，你不會料到，你孫子在我家裡，多隨便，跟我自己的親孫子一樣。」

一絲自豪和得意喜上眉梢。趙大伯不喜歡張揚，他所做的一切，完全是看在他和老料在年輕的時候，曾經是那麼好的朋友。現在，你老料不搭理我，那我就在你的孫子身上找找平衡吧。

趙大伯自己一人在家，妻子去世了，他的兒子和媳婦都在城裡，大伯在城裡待不習慣，自己在農村居住。

第二章

年輕時候的趙大伯在學校擔任導師，可謂桃李滿天下。現在他退休在家，每月有退休金，還有稿費。趙大伯是小有名氣的作家呢。

村裡誰家孩子上學沒有學費，都跟趙大伯借，算起來，全村人都跟趙大伯借過錢，他是人人敬佩的好人。

趙大伯喜歡種菜，栽花，養雞養鴨，山上沒有土地，也不累。大伯缺個醬油味精什麼的，讓金鎖幫忙帶回來，剩下十幾塊作為給金鎖的跑腿費。

有時候，大伯讓別的孩子帶東西，可小孩子跟他耍詐，明明花二十塊錢，她說花二十五塊，剩下五塊錢就這樣扣下了。這讓大伯心裡不舒服，本來是想給她的，可她這麼不誠實。大伯藉助誇獎金鎖，教育了那個女孩子。金鎖特別誠實，從來沒有撒過謊，錢一分不差。

「金鎖，又囤了多少破爛了？」趙大伯往金鎖碗裡夾了個餃子，非常關心的問。

「沒多少，撿破爛的人好幾個呢。」

「大伯，你說前院的趙航怎麼那麼煩人，明明是我看見的一塊馬蹄鐵，他硬說是他看見的，跟我搶。我沒跟他計較，你不總是教育我要有藍天一樣的胸懷嗎？」

「大伯，昨天，他還跟我搶，我在超市門口發現一個空紙殼箱，我先看見的，他硬說是他先看見的，到底讓他搶去了。」

「大伯，你說這個人怪不？就是吳老大的兒子吳迪，他們家那麼有錢，他也撿破爛，看見什麼都撿，你猜怎麼著？這小子真壞，撿到的破爛全都扔到井裡了。」

「大伯你說，這件事，我要不要告訴老師？」

「大伯，我爺爺說了，這回撿的破爛，就是賣了錢也不讓我買豆腐了，留著交學費。我爸爸已經兩個月沒給我錢了。」

老趙看著金鎖年輕稚氣的臉，聽了金鎖的一番話，眉頭深鎖，竟然無語，這個教了一輩子書的老園丁，心裡咚咚咚像打鼓。這麼小的孩子，他的頭腦裡關注的是什麼？這麼一個優秀的苗子，如果整天被這些撿破爛的瑣碎絆住手腳，控制了思想，那他的前途能光明到哪裡去呢？

看見大伯臉色不好看，金鎖以為自己說錯了什麼，低下頭，濃重的眉毛下，那雙小眼睛散發著與這個年齡不相符的愁容和氣憤。他的胸脯一鼓一鼓的，看來確實很氣。

老趙一激動，做出了一個決定。

「金鎖，大伯跟你說句實話，這話絕不是騙你小孩子。」

「什麼事啊大伯？」金鎖從老趙的眼神和口氣裡，聽出一絲別樣的味道來。不知道大伯想說什麼。

儘管屋裡沒有其他人，就是大喊也不會被外人聽到，可這個趙大伯，此時變得神祕兮兮的，趴在金鎖的耳邊說話。熱乎乎的氣息直接灌進耳朵裡，趙大伯呼出的氣息不像爺爺的那樣噁心，金鎖豎著耳朵聽著。

「你如果喜歡上學，堅持上學，保證以後也和現在這樣用心努力，你上學的錢，大伯幫你出。告訴你爺爺，該買的買，該吃的吃，別太苦了自己。」

聽完趙大伯的話，金鎖的腦袋當時就搖成了撥浪鼓，這怎麼行呢？不僅爺爺不同意，自己也不會同意。金鎖還是能夠判斷出深淺的，這與吃幾個餃子是兩碼事。

「大伯，你如果再這麼說，我就再也不來了。」

「看看吧，看書增長知識了，這不，學會威脅起我來了。」

老趙說完就後悔了，這事不能這麼辦，得想一個好辦法讓金鎖接受。

一天放學，金鎖徑直跑到老趙這裡，手裡舉著一千五百塊錢，高興的跟趙大伯報告：「大伯，我得到一個好心人的救助了，這個人是城裡的退休老頭，老師告訴我這個人叫雨辰。您不用惦記我的學費啦。」

老趙看著金鎖興奮的樣子，安心的笑了。「這我就放心啦。」

「啪！」一老一少手掌一擊！

金鎖要參加大會啦。

金家店的春天比山外來得早，和煦的春風從東山缺口吹過來，一夜間山裡的杏花咧開嘴，滿山滿坡一片一片的潔白、一片一片的桃紅。金家店是林果區，這裡春天的景象非常迷人，如果不是因為道路不好，偏僻閉塞，早就被遊人發現來踏青拍照了。

春天的大地鬆鬆軟軟的，土壤返漿化凍，一踩一趟深深的腳印，好像冬天踩在雪地裡一樣。

蹲下來細看，有一種通紅的如小米粒大的紅蜘蛛，在地裡艱難爬行。這是春天的信使，是耕種的訊號。人們把這種紅蜘蛛叫「紅牛」。

爺爺說：「紅牛滿地走，家家種葫蘆。」意思是農家該種地了。

「山青葫蘆地青瓜」，大自然裡的昆蟲、植物，用各種方法暗示著、提醒著，到了種田的時節啦。

「據我所料，像我這歲數的，人家都不拎犁杖了，這地可怎麼種啊？」

「南山窪那些『電話地』，怎麼沒人種呢？我腿腳不好，難道都腿腳不好了？據我所料，這裡肯定是有事了。」

「據我所料，南山窪肯定得分下去。金鎖你留心一點，出去找人打聽打聽，別成天在家裡待著。」

成天被爺爺這些不痛不癢的話折磨著，金鎖聽膩了，爺爺嘮叨一次他的心就被折磨一次，對爺爺喊：「你別所料了行不行？煩死人了。」

第二章

爺爺長嘆一聲，也不生氣，更加強烈的嘮叨如山中霧氣滾滾而來。

「翅膀硬了，我的話不聽了，據我所料，肯定是那老小子跟你說我了。」

「你小時候，才一歲，我一把屎一把尿把你拉扯大。那個時候沒什麼好吃的，我為你烙雞蛋餅，嚼碎了口對口餵你，那些日子可是怎麼熬過來的呀。你就知道哭，把我哭得手忙腳亂。看看，把你養大了，你還氣我。」

金鎖聽得直起雞皮疙瘩，就爺爺那焦黃的牙齒、滿是旱煙味的臭嘴，竟然嚼碎食物嘴對嘴餵他，太崩潰了。

金鎖一陣噁心，捂著嘴故意做出嘔吐的樣子。「你還別裝乾淨，據我所料……」

「爺爺，我求你了，你怎麼總是臭詞濫用啊，你知道『據我所料』是什麼意思嗎？你怎麼口口不離『據我所料』啊？人人都叫你老料頭，你以為那是誇你呀？你再說『據我所料』，我就離家出走。我聽夠了。我讓你料不到。」

金鎖說完，啪的摔了門，走出那個黑暗沉悶的小屋。當然，金鎖沒有走遠，偷偷趴在牆頭上往屋裡看，爺爺正捲著旱煙。

出了門口就是大山，金鎖登上山頂，這裡山套山，山連山，站在山巔遠眺，莽莽蒼蒼的山巒起伏跌宕，群山巍峨，連綿不絕，人和大自然一比，瞬間成了一粒塵埃。

金鎖蹲下來，撿起幾個小石子，用力朝前方扔去，山谷太深邃，聽不見一點聲音。

此時此刻，金鎖居高臨下俯視整個金家店，此時的小山村那麼美，像一幅山水畫，其實就是一幅畫。家家戶戶掩映在濃濃的綠色裡，隱藏在盛開的春花中。

金鎖又高興起來，大自然的神奇讓他無盡幻想，把自己幻想成超人，能在天地間上下翻飛，想去哪裡就飛向哪裡。這種漫無邊際的幻想讓金鎖忘記了煩惱。有一天，金鎖剛放學，村長杜超截住金鎖說：

「金鎖，回去告訴你爺爺，哪天到老吳家開會，別忘了。具體哪天另行通知，別外出，家裡有人就行。」

「知道了，大叔，能告訴我是什麼會嗎？」

「打地。」杜超猛然打量一下金鎖，什麼時候這小子長這麼大了？悶頭悶腦的像個小小男子漢了。「金鎖，你爺爺如果不方便的話，你來參加會議吧。盡量趕在週六週日開，你不上學。」杜超打量一下金鎖，大眼賊一樣的眼睛放出難以琢磨的光。他也聽說老料的孫子功課特別好，暗中有老趙指點，說不定將來是能出息的人。杜超的帶著血絲的大眼睛轉了轉，決定讓金鎖參加會議最好，小孩子幾年就長大。

金鎖沒想到，村裡開會打地這些大人的事，與自己有關了。村長都讓他參加村裡的會了，金鎖樂得想跳起來，參加村裡的會議一定很好玩。

不得不參與土地上的事了。如果爸爸在家就好了，這個念頭一閃而過。

第二章

金鎖聽爺爺嘮叨過，村裡每次開會，都把會址選在吳老大家，吳老大和杜超好，因為他們是同學。村裡選村長的時候，杜超發了一袋大米給每家，這錢，就是吳老大的弟弟吳老二背後支援的。當然，吳老二也沒有白支援，已經在外地工作的吳老二，村長給了他一塊風水寶地，那是金家店最好的一塊平地，好多百姓想在這裡建房，杜超死活不批。

吳老二憑藉自己的財力，在這裡蓋上五間平房，房前屋後都用白鋼圍成柵欄，裡面鋪上地板磚，涼亭、座椅、茶桌、彩燈，整得很風光，成了金家店的「小巴黎」。一到夏天，吳老二回到村裡，在他的豪華院子裡享受風景，人家過的是候鳥一樣的生活。

金鎖家和吳老大家有過土地糾紛案，村裡檔案上有備註。

金鎖家有塊地緊鄰著吳老大家，可吳老大硬是把金鎖家的土地占去一條壟，找他理論，他不承認，還把作為邊界的地腳石偷偷挪動。爺爺找村長杜超去評理。結果，杜超一臉熊樣打發爺爺：「大伯，我知道他霸占你的土地了，我們吃點虧就吃點虧吧，老吳家是什麼人你也知道，你要回這一條壟，你這片地也許就白種，你還抓不住人家的把柄，小人只能躲著他呀。」

「難道天下沒有王法了嗎？我去告他。」爺爺氣得臉紅脖子粗，渾身哆嗦。

「我的傻大爺，你告又能怎麼樣？這點破事誰管啊，老吳家硬說是他家的，你有什麼證據？大不了重新打地。你這片地就是再拿出三四條壟，你的地數也夠。山坡地，掐頭去尾，誰家不多幾條壟？到時候勞民傷財白折騰一場。」

杜超把話說到這個分上，爺爺也只能自認倒楣，對老吳家從心恨到骨子裡。

「金鎖呀，你也不小了，好好念書，出人頭地，長大了，就不怕欺負了。」

「金鎖呀，別一天天就知道玩，什麼事放心上，你看看……」

爺爺成天這樣叮囑著、提醒著、敲打著，把一切希望都寄託在金鎖身上。

金鎖煩透了。他拚命讀書，只有讀書，才能讓他找到樂趣，找到自尊，忘卻煩惱。在讀書中，那種樂趣是最讓金鎖興奮的。

「爺爺，我偷把我們那條壟的苞米拿回來，他也不知道是誰拿的。」金鎖想出一個對付老吳家的好辦法，滿臉興奮。

「鎖子，開會的時候你去吧，爺爺老了，眼花了，手笨了，什麼都跟不上了。你不出面，往後這個家怎麼辦？萬一哪天我死了呢？」

會還沒有開，爺爺就先交代了，金鎖發現，爺爺變得怯懦了。

「爺，你放心，打地的時候我去，我才不怕他們搞什麼鬼。」

金鎖這句話讓爺爺吃了一個定心丸。他實在是懶得去老吳家開會，見到吳家人腿就發抖。他幾次跟人家較量，不是人家的對手，氣得好幾天緩不過氣來。

腳踏車

自從接到村長的通知，爺爺頻繁翻看日曆，猜測開會的日子。

「據我所料，明天保證開會。」

「據我所料，明天不開，後天肯定開，馬上種地了，不能耽誤時間。」結果預料的都不準。也不知道他們背後研究什麼，杏花都快落盡了，小杏子有手指甲大，播種迫在眉睫。其實，金鎖也擔心，也害怕，這樣重大的會，決定土地命運、關乎家庭收入的大事，讓金鎖不知道怎麼辦好。金鎖愁得緊鎖雙眉，吃肉也不香了。

金鎖又想起爸爸來。

對，讓爸爸回來參加會議，爺爺說過，爸爸的戶口還在金家店，土地還在家裡，糧食補貼也是爺爺拿出來花，分地也有爸爸的一份，爸爸還是家中一員。如果爸爸回來就好辦了。

金鎖決定去大亮超市打個電話給爸爸。放學的時候，金鎖在大亮超市門口徘徊了一陣子，爺爺經常說的「求人難，上天難」，金鎖正在切身體驗。

金鎖徘徊了一陣子，終於硬著頭皮進了屋。金鎖低著頭，心裡調動著最貼切、最能打動人或者最能讓人信服的詞彙，想著怎麼開口求人。如果口袋裡哪怕有五塊錢，他也不會覺得這麼為難。金鎖多次求過用人家的電話，一分錢都沒有給過人家。

大亮家對他越好，他越不安，感覺欠人家的太多。金鎖發現，超市裡沒有大亮的家人，只有幾個村裡人背著手閒逛。

「唉，人老了，處處得加小心，說不定一個跟頭就那邊去了。」

「這老太太，一輩子沒享福，只有大亮張羅讓媽媽去住院，放其他人家，只能在家等死。」

「但願沒什麼大事，到醫院就好了。」

金鎖一聽嚇得一激靈，大亮媽媽因病住院去了。人家發生了這麼大的事，哪裡還有心情管電話的事？

金鎖無精打采退出來，站在超市門口茫然不知所措。

金鎖滿腹心事，心裡亂糟糟的，濃重的眉毛擰在一起。一頭倔強的長髮搭起帳篷，好像剛剛在被窩裡滾過，肥大的校服讓他顯得更加邋遢。年歲不大的小孩，看上去像個小老頭。

金鎖好像洩氣的癟皮球，沒有一點精神，雙腳好像綁上了石頭，抬不起來，聽說後

第二章

天必須去老吳家開會，到時候可怎麼辦呀？

金鎖低頭往家走，路過林曉美家門口，林曉美虛張聲勢似的，把小飯桌搬到門口，坐在小板凳上，很投入的寫著什麼，嘴裡念念有詞：「兩個黃鸝鳴翠柳，一行白鷺上青天。」

村裡人看見，豎起大拇指，誇獎林曉美。回家後教訓自己的孩子：「你看人家林曉美，到家就讀書。」

幾乎所有的孩子都這樣頂撞家長：「她讀書了怎麼還考倒數第一？」

金鎖很煩這樣裝，她這舉動，不知道多少人挨家長的打罵。

金鎖故意挺胸抬頭，目不斜視，大步流星走過去，看都不看林曉美，腳下一塊石頭差點把金鎖絆倒。

金鎖尷尬跳躍幾下才恢復平衡，順勢把石頭撿起來，朝遠方扔去。

金鎖剛剛離開，林曉美氣得把小桌子小板凳搬回到屋裡去了。

林曉美從口袋裡掏出幾個柿子餅，啪地扔在地上餵狗了，本來是想送給金鎖吃的。連討好金鎖的機會都沒有，林曉美總是不甘心，下次，主動跟金鎖說話，直接給他，看看他是不是啞巴。

「金鎖，怎麼啦？來，看大伯有什麼好東西。」

金鎖一抬頭愣住了，鬼使神差，怎麼走到趙大伯家門口來了？竟然還進了院子，自己一點都不知道。

金鎖大夢初醒一樣扭身往外走，心情不好，他不想說話。

「金鎖，都進院子了，怎麼還出去，我做好飯了，在這吃吧。」趙大伯緊走幾步，拽住了金鎖。

金鎖很順從的跟著趙大伯進了屋，一股香味讓金鎖皺起鼻子。奇怪，大伯做了什麼好吃的，怎麼這麼香？

這是一種極其誘人的香，香得讓人無法自控。金鎖張開大嘴，鼻子嘴巴一起吸氣，讓這獨特的香味穿過清淡的胃腸。

金鎖發現，大伯的爐子上坐著一個小鐵鍋，上面蓋著秫秸稈做的蓋簾，邊緣已經磨壞，鍋裡冒著隱隱約約的熱氣，香味就是從這裡發出來的。

床上放著一個小鐵盆，碰撞得凹凸不平，一看就是年久失修的滄桑樣子，裡面是金黃的小米乾飯。

趙大伯又從碗櫥裡拿出一盤鹹魚乾，順便把一個大大的鹹鵝蛋也拿到桌上，用菜刀一切兩瓣，油汪汪的蛋黃溢出油來。

金鎖一看，煩惱的愁緒馬上消失了。他放下書包，幫大伯撿碗撿筷。

第二章

趙大伯掀開蓋簾，金鎖往小鍋裡一看，喜上眉梢，乾乎乎大半鍋小雞燉蘑菇。蘑菇是暗紫色的紅松蘑。

趙大伯的一隻雞被老鷂子啄死了，就在老鷂子抓起小雞的剎那間，大伯掄起棒子恰巧打下來。小雞已經死去，大伯燒點開水，拔毛、開膛，把一隻肥胖的母雞收拾得乾乾淨淨，用小鍋燉了半天。

紅松蘑口感細膩，非常好吃，也很貴，從山上剛剛採的蘑菇，濕的，就能賣兩百五十元一斤。如果晾曬幾天，五百元一斤。放到過年時候賣，七百五十元一斤甚至價更高。但是，山裡最值錢的蘑菇是白蘑菇，村裡人把這種蘑菇叫仙蘑。這種白蘑菇非常珍貴，百年不遇。每個人上山去，都把眼睛瞪得跟牛似的，就是想撿一塊白蘑菇。

金鎖眼睛好，一下子發現小鍋中間，有一塊白蘑菇，雖然只有扣子那麼大，在暗紅色的湯汁裡，好像一隻白天鵝浮在水面上。

怪不得這麼香，原來大伯用一塊金貴的白蘑菇做調味啦。

關於白蘑菇，村裡流傳著一個故事。說有一個人在山上發現了一片白蘑菇，他小心撿回來，晒乾後裝了一袋，拎著去賣了，用賣蘑菇的錢買了一輛轎車，轎車裡還塞滿好多東西。

這蘑菇到底賣了多少錢，無法計算了。

還有傳言說，白蘑菇根下的土，都能賣錢。洗蘑菇的水也不倒掉，沉澱清了之後再燉菜，據說非常鮮美，喝湯時割耳朵都不知道疼，這得好吃到什麼程度啊。

這事金鎖記得牢牢的，希望有一天也能撿到白蘑菇。

「金鎖，聞到香味了嗎？香嗎？」

「大伯，太香了，我看見一塊白蘑菇。」

大伯愛撫的摸了金鎖腦袋一下：「小子，你真有口福。我們吃吧。確實是白蘑菇做的調味。」

金鎖在趙大伯家也不見外了，盛上一碗飯，泡點雞湯，金黃的小米飯變了色，金鎖吃得香，一連吃了三碗飯。

「鎖子，別光吃菜湯泡飯，吃點雞肉。」大伯把一塊大大的雞腿夾到金鎖的碗裡。

金鎖吃東西是有分寸的，不會不管不顧專門挑好東西吃。這點讓趙大伯喜歡他，不像其他孩子，見到好吃的不夠，一口氣吃光。

剛才還在大亮超市愁苦得恨天恨地想跳崖，現在肚子飽飽的，金鎖喜笑顏開。金鎖吃飽喝足放下碗筷，從來沒有吃過這麼香的雞肉，喝過這麼鮮亮的雞湯。那種獨特的味道讓人永遠難忘。

大伯笑眯眯說：「鎖子，雞肉好吃吧？有一塊白蘑菇，放鍋裡了，真是名不虛傳啊，我也是第一次吃。」

金鎖抱著趙大伯的胳膊搖晃起來：「大伯，你太厲害了。我爺爺說他都沒有看見過白蘑菇呢。」

當金鎖從大伯家出來的時候，趙大伯囑咐了一句：「明天早晨上學到我家來一趟。」

金鎖想問趙大伯什麼事，一想剛剛吃過人家的雞肉，還是別問了，無論大伯讓他做什麼他都願意。

在金鎖的心裡，趙大伯就像門口的大山一樣可以依靠。金鎖有什麼心裡話，跟爺爺都不說，但喜歡跟趙大伯說。

第二天，金鎖上學從後街走，路過趙大伯門口的時候，金鎖發現，在趙大伯的大門口，一輛破舊但收拾得完好的腳踏車，正停在那裡。而且，這是小型腳踏車，正適合金鎖騎。漆黑的大絨車座，車把上還有一個很時尚的鈴鐺，是那種膠皮氣囊的，輕輕一按，發出好聽的聲音。

「鎖子，我昨天收拾了大半夜，把這台車子修好了，你騎著吧，你去你爸那兒，有這個就沒事了，來回方便。」

「大伯，你太偉大了，你怎麼知道我要去我爸那裡？」

「臭小子，據我所料，你肯定會去。」

金鎖捂著鼻子笑，趙大伯學爺爺的口氣說話，簡直是唯妙唯肖。

金鎖騎著腳踏車興高采烈飛奔而去。

命運多麼不公平啊，金鎖有了腳踏車，不但沒有輕鬆，一個更大的負擔差點把金鎖壓垮。

第三章

金鎖挨打了

有了腳踏車，金鎖就像得到了寶貝一樣高興，不愛洗衣服的金鎖，卻把車子立在院子裡清洗。他裝來一盆清水，用一個乾淨的抹布開始擦拭，擦了一遍又一遍，把車條一根一根擦拭，擦得乾乾淨淨。沒事的時候，他騎著車，土路不平，石頭瓦塊，腳踏車顛顛簸簸，上下跳動，瓦蓋稀裡嘩啦，一路黃煙漫天飛舞。

有同學看見金鎖有了腳踏車，死皮賴臉要金鎖帶，金鎖緊緊握著車把，頭搖得像撥浪鼓：「不行不行，你看我的車座這麼細，禁不住人。再說，這不是我的腳踏車，別人借給我的。」

金鎖騎著腳踏車，正在高興，可還沒到三天，爺爺發覺不對勁兒，誰的腳踏車讓金鎖騎了這麼多天？爺爺站在那裡彎著脊背，瞪著狐疑的小眼睛暗中審視金鎖，好像調查一個叛徒。金鎖忙躲避著爺爺的目光，盡量把車停靠在爺爺不注意的地方。

爺爺是個老頑固，看見金鎖騎回來一輛腳踏車，一猜就是老趙的，老臉拉得有二尺長，好像這台腳踏車是炸彈，馬上要炸個房倒屋塌、家破人亡似的。這讓金鎖心裡惴惴不安。

「快把車子還回去。我像你這麼大的時候，沒有腳踏車哪沒去？肚子底下兩條腿是幹什麼的？不就是走路的嗎？」

「爺，趙大伯也不騎，人家還說給我了呢，等我騎夠了就送回去給他吧。」

「不行，馬上送回去。」

「不送。」

「送不送？」

「不送。」

「啪！」金鎖的右臉蛋挨了狠狠一巴掌，金鎖害怕爺爺找平衡，讓他左邊臉再挨一巴掌，一個轉身逃到一邊。金鎖的臉上疼得火燒火燎，爺爺打人怎麼這麼疼啊。

爺爺眼睛紅了，呼呼喘氣，胸脯起伏劇烈，這是真生氣了，第一次對大孫子下狠手。

「送就送，告訴你，我這輩子不騎腳踏車了，一輩子不騎了。你去找我爸吧，打地我也不去，我哪都不去。」

「痛快送回去。人要有志氣，憑什麼要人家的東西？」

金鎖沒有想到，平時那麼溫和的爺爺，沒脾氣的爺爺，外號老料頭兒的爺爺，為什麼生這麼大的氣啊，不就一個腳踏車嗎？

金鎖憑感覺，爺爺和趙大伯之間，肯定存在著很深的矛盾。

可趙大伯為什麼對自己這麼好呢？透過腳踏車這件事，金鎖不得不費點腦細胞想到這些，哪天得問問趙大伯。

金鎖含著眼淚，怒氣衝衝騎著腳踏車飛出院子，爺爺喊著：「你給我下來，走兩步會死嗎，現在的孩子，都是慣的。」

金鎖滿腹氣惱，恐怕再也沒有騎腳踏車的機會了，藉著送回去的機會也要騎上一會兒。

金鎖騎著腳踏車，從家裡騎到西邊，又從西邊騎到中間，再拐回到東邊，南北街又竄了一趟，騎了個「井」字路線，這才繞到了趙大伯的家。

趙大伯坐在門口的石條上有一陣子了，他掐指一算，金鎖馬上就會來，果不出所料。

金鎖扶著腳踏車，看著趙大伯，哇的一聲哭了。趙大伯笑著說：「金鎖，別哭了，我想個好辦法，你看行不行？」金鎖抹了一下眼睛，大伯看著他，真是委屈了孩子，明明是大人之間的恩怨，偏偏殃及孩子。

不過，是個孩子真好，可以理直氣壯哭鼻子。趙大伯愛憐的摸摸他的圓腦袋瓜，為他出主意。

「你把腳踏車放我家，你早晨來，騎著上學。晚上再騎回來，也放我家，別讓你爺爺看見。你爺看不見車子就不罵你了。」

金鎖實在是捨不得這個腳踏車，覺得趙大伯這個辦法好，金鎖破涕為笑。

世界名著

早晨，爺爺早早起來，為了哄金鎖，想好好表現一下。雖然打了金鎖一巴掌，但爺爺的心裡比挨打還難受。爺爺認可窩囊到死，窮得要飯去，也不要他老趙一丁點的好處！這輩子，別指望著跟老趙有一絲一毫的關係。可這金鎖從小沒管好，沒看住，小孩子屬貓的，見到好吃的就上套。

爺爺一大早就在廚房裡做事，特意做了饅頭，破天荒蒸了雞蛋羹。饅頭又薄又硬，像個鐵餅，一咬一個牙印。金鎖咬一口饅頭，又咬一口大蔥蘸醬，一連吃了三個饅頭。至於雞蛋羹，哪裡是什麼羹啊，簡直就是一碗稀湯，金鎖實在懶得吃。爺爺吃喝得香。

那麼大的大碗公，爺爺只放三個雞蛋，能不稀嗎？

爺爺嘴強，硬說放了四個雞蛋，金鎖故意把垃圾桶裡的雞蛋皮拿出來對證，再啪啪啪踩碎，告訴爺爺撒謊是沒用的，雞蛋皮可以作證。

爺爺好像沒看懂，繼續喝著，很享受的樣子。

金鎖假裝找同學玩，順便來到趙大伯家，他想騎車去看看爸爸。儘管金鎖的內心非常排斥參與大人的事，可是，他已經身不由己參與進來了。

看見趙大伯正從苞米架上拿苞米，金鎖忙幫助大伯做事，工作不多，也不累，幾分鐘就做完了。

「鎖兒，你看！」金鎖特聰明，從大伯對他的稱呼裡猜測出要有好事啦。大伯像變魔術似的，從箱子裡掏出一本嶄新的書來。

「我托人從市裡書店買的，剛看了個開頭，還是你先看吧，這本書特別純淨。」

金鎖接過來一看，是厚厚的一本《瓦爾登湖》，別致的封面，像一塊碧藍的天空，其實那是一片湖泊。

金鎖一看作者，是美國作家亨利．大衛．梭羅的作品。四個紅色大字「權威全譯」和六個黑色美術體方字「世界經典名著」，讓金鎖覺得這本書很神聖。

金鎖還沒有看過外國文學方面的書籍，不知道外國的故事和描繪的景色會是什麼樣。看見書就高興，金鎖的小眼睛放著亮光。

「鎖子，你得多看書，包括中外名著。這樣你的視野就寬了，眼界也高了，對你的成長很重要。」

成長不成長的，金鎖才不操心這事，也不操心自己長不長大，其實，早晚不得長大嘛。這話金鎖在心裡也就是想想而已，他可不敢說出來。

金鎖得承認，在趙大伯這裡，總是能得到家裡得不到的，金鎖有一種被陶冶、被薰染的神聖感，心裡積攢著這些，潛移默化被感染著，這對金鎖影響挺大，不僅讓他對一切產生好奇心，也讓金鎖的思維與眾不同。原來書裡藏著一個精彩紛呈的世界，金鎖喜歡這個世界，所以，金鎖在趙大伯的感染下喜歡看書了，巴不得有各式各樣的書看呢。

金鎖迫不及待打開散發著油墨香氣的書，開篇「經濟篇」裡第一自然段，就把金鎖吸引了，第一人稱的敘述讓金鎖很快就站在了作者的立場上，跟作者一同感受著。

> 下面這些文字，是我獨自享受孤寂生活的時候寫下的。在廣袤的森林裡，在麻薩諸塞州的康科特城，在瓦爾登湖岸邊，在我親自建造的木屋裡。周邊一英里的距離之內，沒有任何一個居民存在。在這個地方，我能依靠的僅僅是自己的雙手，只能透過自己的工作來養活自己。在那個地方，我待了兩年零兩個月。但是眼下，我卻像一個過客似的重返這個匆匆忙忙的文明世界了。

金鎖很吃驚，原來外國文學名著這麼好看，金鎖迫不及待一口氣看了好幾頁，越看越喜歡，梭羅的這種境況好像和自己差不多呢，好像還不如自己呢。金鎖的自信一下子提高許多，內心裡忽然有種「男子大丈夫死都不怕，還怕困難嗎」的感慨。

看書最大的好處是，金鎖能夠把自己幻想成書裡的人物，悲傷著他們的悲傷，歡喜著他們的歡喜，並設身處地，引以為戒，或激勵或奮進，總能給金鎖無窮的力量。眾多的形形色色的人物，在金鎖的心裡駐紮，永久居住下來，動不動就想起他們，與他們神交。八九歲的時候金鎖喜歡孫悟空，但現在金鎖不看《西遊記》了，知道那是幻想的，金鎖更喜歡現實題材的文學作品，越看越上癮。

「鎖兒，你拿回家去看吧，看多長時間都行。」金鎖是個書痴，站在地上像個雕像。金鎖一下子想起來這裡的目的，把書戀戀不捨合上了，愛惜的握著，恨不得馬上讀完。

「大伯，我看書快，這本書，如果不趕上週六週日的話，我不用三天就能看完。趕上週六週日就完了，人家休息，我要工作。」

金鎖毫不留情流露出對週日的厭惡，他稱作黑色星期日。爺爺總是抓住他在家的時間，讓他努力工作。家裡總是有無窮無盡的工作，起驢糞、拎水、澆園子、背柴、剁鴨食，院裡的工作還算好的，如果上山撿石頭、刨荊條棵子、除草，那可真累呀，一身汗，滿身土，沒有時間看書了。這一切只因為金鎖長高了，像個大孩子了。

「鎖兒，大伯告訴你啊，你要記住，看書可不是走馬觀花啊，要一句一句細看，聯繫上下文，要學會欣賞文字的魅力和字裡行間所表達的意思。比如《紅樓夢》，你看看關於林黛玉是怎麼描寫的，劉外婆是怎麼描寫的，那個王熙鳳一出場就與眾不同，特別生動

第三章

形象。你寫作文，也應該這樣，比如寫媽媽，不要千篇一律的怎麼粗糙的手呀、黝黑的臉呀，怎麼操勞能幹呀。最後寫的那玩意兒，好像全國人都是一個媽。」

金鎖捂嘴嘻嘻笑：「大伯，你在學校講課的時候，一定是生動形象，學生都愛聽！」

「那不是吹噓，我教過的學生裡，有全國著名的大作家呢。」

趙大伯從箱子裡掏出一塊月餅給金鎖，金鎖不要，趙大伯硬塞進他口袋裡。金鎖心裡美美的，趙大伯多好啊，有這樣一個大朋友真不錯，金鎖發現，趙大伯喜歡的，金鎖也喜歡。

可爺爺為什麼對他這麼反感呢？

「大伯，我想借腳踏車騎一趟，我想看看我爸去。」

「這個腳踏車就是你的了，哪裡不好用隨時告訴我，我幫你收拾。過幾天我去鎮上，買個好鞍座，你騎著就舒服了。」

「大伯不要花錢了，這樣就挺好。」

金鎖懂事了，要了人家的腳踏車，怎麼好意思再讓人家往上添錢呢。

爸爸坐輪椅了

金鎖騎著腳踏車出了院子，清晨的風不冷不熱，柔柔灌進衣領裡，非常舒服。路邊的馬蓮花一堆一堆開得好看，淡淡紫色讓早春的大地上有了色彩。小時候，把馬蓮花揪下來，放在嘴裡吱吱吹響，聲音像剛破蛋的小雞，現在沒了這些興趣。

空氣中飄蕩著青草的清香，頭頂上閃電一樣的燕子叫得歡，讓金鎖的心朗潤起來。金鎖又高興了，馬上就要見到爸爸了。

爸爸雖然不在家裡，但爸爸的這個角色和地位，仍然是金鎖心裡的靠山，是家裡的主幹。

金鎖想著事，已經有好久沒有去爸爸家了，一想就興奮，上次去還跟小姐姐們打架，這回，再也不能打了。即便是她們耍性子，讓著她們就是，畢竟是女孩子嘛。

金鎖瞪著堅毅的目光，嘴裡哼著剛剛學會的一首歌，瞬間心潮澎湃，激情滿滿。金鎖加大力度，兩個車輪打足了氣，在土路上飛速前進。碾壓石子的聲音、摩擦土路的聲音、車子鐵器碰撞的聲音，灰塵四起，沙土漫漫，一路跟隨金鎖，暢快無比。

有幾次，金鎖差點摔倒，全仗金鎖機靈，兩條腿叉開，穩穩形成支架。金鎖這才發現自己的腿長了。去年的時候，金鎖還不敢叉腿呢，連人帶車一起摔倒，今年就沒事

第三章

了，兩腿一叉開，腳踏車穩穩的了。

金鎖需要騎上兩個坡，過一條小河，才能到達爸爸的家。金鎖騎一會兒歇一會兒，上坡的路太難騎，有雞蛋大的小石頭擋著，也特別用力。

土路上的車轍最難騎。車轍雖然比較光滑，但只有半尺寬，在這樣狹窄的道路上騎腳踏車，好像表演雜技一樣。

金鎖車技還不行，掌握不好平衡，騎不多久就摔個跟頭，胳膊和大腿都受了傷，滿手鮮血也不知道從哪裡蹭的，手掌也被扎得鑽心疼。實在難走的地方，金鎖只好推著車子走。要命的是，路上有個坑，滿是泥濘，腳踏車根本騎不過去，來往的人們都繞到地裡，可進入地裡有個坎，金鎖費了好大的力氣，才把腳踏車挪到坎上去。

望著坑窪不平的山路，金鎖眉頭深鎖，想起小時候爸爸曾經帶著他去了一次城裡。為什麼城裡都是水泥路面的，光滑得一棵草都沒有呢？城裡人太幸福了。

走了一半，金鎖累得氣喘吁吁，大汗淋漓，脫了外衣，掛在車把上。

出了金家店，土路寬闊起來，也平坦很多。金鎖再次跨上腳踏車，飛奔而去，此時的愜意和舒爽彌補了剛才的懊惱。金鎖在車子上，屁股離開鞍座，雙腳有力配合，前後緊蹬，車快如飛，離爸爸那個村莊越來越近了。

金鎖的心咚咚咚開始跳。那個後媽，金鎖雖然沒有和她有過多的接觸，不親不近，也不煩不惱，可她那冷漠的表情、緊閉的嘴角讓金鎖和她之間好像隔著一座山。

金鎖想著，她中午能否做點飯給自己呢？金鎖又騎了一陣子，屁股疼得不敢坐了，半蹲半站，才明白趙大伯說給買個軟的鞍座是必要的。車把上的衣服給了金鎖靈感。他在路邊摘了一把馬蓮，擰成繩子，把衣服綁在後座上，這回不硌屁股了，坐著很舒服。金鎖又蹬了一陣子，終於來到爸爸的家門口。

金鎖下了腳踏車，扶著車把慢慢往院子裡走，外面的晾衣杆上晾晒著五顏六色的衣服。有女孩子的家庭就是與眾不同，金鎖被這些美麗的顏色吸引了。

院子裡有幾隻大鵝伸長了脖子嘎嘎亂叫，正好替金鎖打招呼了。可大鵝的叫聲沒有引得一個人出來。金鎖推著車子停下來，支起車架，朝屋門口慢慢走去，邊走邊左顧右盼。自始至終也沒有一個人出來迎接他，金鎖的心裡有些不爽。

金鎖邁進屋的一瞬間愣住了，首先，一種難以接受的氣味直沖鼻孔，說不上是什麼味道，臭？臊？發黴？兼而有之。只見地上放著一輛輪椅，靠著床邊，一個面容憔悴、臉色蠟黃、頭髮蓬亂的人正坐在輪椅上勾著脖子，不知道是在睡覺還是沉思。金鎖邁進屋的一瞬間，這個人一下子抬起頭來，眼前一亮，好像是先笑的，可笑著笑著就哭了，遇到大救星一樣，哭得鼻涕眼淚嘩嘩淌下來，嘴裡含混不清說著：「金，金鎖，是你嗎？兒子來了，兒子，兒子……」

第三章

金鎖才看出來這個人是爸爸，爸爸哇的一聲大哭起來，像個委屈的孩子，金鎖不知所措。

金鎖幾步走上前去，扶住爸爸肩頭：「爸，你這是怎麼了，發生了什麼事？」

爸爸伸出右手，抓住金鎖的胳膊不撒開，那隻粗糙的大手好像一把大鐵鉗死死掐住了金鎖，把金鎖的胳膊抓得生疼。

「爸，你這是怎麼了？」金鎖看見爸爸這樣，焦急問著。爸爸怎麼會坐上輪椅？這說明，爸爸不能站起來了，不能走路了。那麼能幹、健壯的爸爸，竟然病成這樣。金鎖的腦袋嗡嗡響，不知道怎麼面對眼前的局面了，後脊梁好像被潑了一盆涼水，冰涼冰涼的。

「怎麼了？我告訴你，你爸癱瘓了，成了廢人，什麼工作都做不了，還得我們伺候他，臭死了。」

一個尖聲尖氣的聲音從身後傳來，金鎖回頭一看，只見一位漂亮的少女立在門口，一頭秀髮披散著，穿著紅黑相間的格子背帶裙，滿臉鄙視的表情。

就在前幾天，金鎖還在一本書裡看見這樣一句詩：「穿格裙子的女孩兒，讓春天提前到達。」

可她的話讓金鎖不僅沒有感受到春天，卻有一股寒流襲來。

「玉，玉梅，你怎麼跟你弟弟說話呢，你還是大姐姐呢。把你媽叫回來，幫金鎖做點飯。」

原來她叫玉梅，金鎖第一次知道她的大名。這個玉梅轉身跑了出去。

自從爸爸在這個家裡生活，金鎖還是第一次聽見爸爸這樣明目張膽偏向自己說話，心裡頓時升騰起一股熱流，還有無法言說的無奈和悲哀。

金鎖站起來，爸爸拉著他的胳膊死死不放。爸爸不讓他離開，金鎖忽然感覺到，爸爸像個無助的孩子，又哭了。

金鎖倒了熱水給爸爸，爸爸迫不及待喝起來，喝得直咳嗽，看來，爸爸已經渴很久了。

「爸，你慢點喝。」金鎖下意識撫摸著爸爸的腦袋，撫摸他凌亂的頭髮。此時，金鎖身上所有的疲憊一掃而光，伴隨而來的是內心的堅定和果斷。

奇怪，金鎖平時那麼恨爸爸，今天怎麼心疼起爸爸來。金鎖看見，爸爸的兩隻手油漬麻花的，又黑又髒。金鎖找來洗臉盆，打了水，又找來香皂，金鎖為爸爸洗手洗臉，幾下子就把半盆水洗黑了。

爸爸太髒了。

後媽回來了，拎著菜籃，她和另一個女兒去山上挖蒲公英和小蒜去了，這個時候吃

第三章

山野菜最好吃。

金鎖敏感覺察到，後媽冷若冰霜。「玉蘭，把菜挑挑，洗了。」這個叫玉蘭的女孩比玉梅還高挑一些，她是玉梅的妹妹，只比玉梅小一歲，她朝金鎖笑了一下，跑到外面洗菜去了。這個難得的笑容讓金鎖的勞累和悲哀卸下許多。

金鎖今天才知道，後媽的兩個女兒，老大叫玉梅，老二叫玉蘭。

金鎖和她們倆，依次差一歲。三個幾乎一般大的孩子，雖然是一家人，卻顯得很生疏。

「金鎖，你是怎麼來的？怎麼想起來我家？是不是又找你爸要錢啊？」

後媽一邊挑菜一邊跟金鎖說話，她用了一個詞「我家」，讓敏感的金鎖感覺到了生疏和隔閡。面對她一連發出的三個問號，金鎖不知道怎麼回答，其實人家根本就不需要聽他回答。

「你爸沒死撿一條命，不然你都看不見了。你爸得病也沒告訴你和爺爺，你家一分錢都拿不出來，告訴又有什麼用啊？」

後媽一邊收拾碗筷一邊跟金鎖說著，金鎖實在不知道說些什麼，乾脆閉了嘴。後媽的每句話都好像刀子，劃得金鎖心裡疼。

後媽還算夠意思，叮叮噹噹在廚房裡忙半天，煮了大米飯，還做了四個菜。雞蛋炒韭菜，黃綠分明，看著就想吃。乾豆角燉粉條，乾豆腐絲拌鹹黃瓜，還有一盤切成四瓣的鹹鴨蛋。

金鎖發現鹹鴨蛋上面的蛋黃被摳去了，留下灰白的圓坑。

玉蘭屋裡屋外的忙，放桌子，撿碗筷，腰間紮個藍花圍裙，纖細的腰肢扭扭擺擺，小姑娘出落得真好看。她比班裡所有的女生都好看，金鎖偷偷看著她進進出出。

爸爸的左手不會動，可爸爸偏偏是用左手吃飯。現在爸爸用右手拿個湯匙，後媽把飯菜拌在一起，端到爸爸的大腿上，大腿上放一塊木板，算是爸爸的飯桌。金鎖發現，爸爸吃得很笨拙，吃得狼吞虎嚥，好像餓了很久很久。一大碗飯吃個精光，爸爸喊著：「還要飯，還要飯。」

那個叫玉梅的，那麼好看的美少女，對爸喊：「別吃了，吃完拉屎，沒人管你。」後媽掐了她一下，她看了金鎖一眼，閉了嘴。

金鎖生氣了，臉陰沉下來，吃什麼都不香了。她們小的時候，圍著爸爸叫得親熱，感覺爸爸是她們的爸爸。爸爸把她們養大了，現在爸爸病了，癱瘓了，她卻看不上爸爸了。

金鎖越想越氣，把碗筷啪地扔在桌上，再也吃不下一口飯。爸爸抬起頭，看了金鎖一眼，又低下頭去。「你還神氣了?嫌棄我媽做得不好吃?」玉梅竟然說出這樣胡攪蠻

第三章

纏的話來。她知道自己這句話有多臭，說完噹一聲摔了門跑出去了。

玉蘭夾起金黃的雞蛋塊放在金鎖的碗裡，細聲細氣說：「小弟，吃塊雞蛋，別生氣了。」

玉蘭管金鎖叫小弟了，叫得那麼輕，那麼柔，金鎖第一次被一個女孩子這樣美好的叫了，金鎖的怒火壓下來了。

「金鎖，你也不小了，你看看這個家，你的兩個姐姐都念書，你爸這個樣子我也不能出去賺錢，往後你就別找你爸要錢了。你看見了，你爸不但不能賺錢，還得拖累別人，我死的心都有，往後的日子可怎麼過呀。」

後媽說著流下淚來，金鎖也知道，現實的情況確實如此。金鎖愣了，不知道說什麼話好。

這頓飯金鎖吃撐了。本來他沒有什麼胃口，甚至不想吃了，可後媽一直夾菜給他，專挑好的夾。玉蘭也夾給金鎖。金鎖端著飯碗來回躲避，可她們還是準確無誤把菜扔進碗裡。

金鎖發現，她們家夾菜給人的時候，把筷子掉過去，不用進嘴的那頭夾菜，這個舉動被金鎖發現了。即使這樣貧困的家庭，仍然很講究。

「金鎖，倒點水來給我。」爸爸的輪椅被推到一邊去了，金鎖剛想站起來回應爸爸，玉梅搶先拿著茶杯，倒了一杯熱水端過去給爸爸，大概是想彌補剛才的失禮。

爸爸哆嗦著，緊張的伸手去接，可還是沒接住，水杯掉在水泥地上，啪的一聲摔稀碎。

「你看你，又一個，敗家老頭兒，都打碎五個了，吃完就喝，一天天怎麼這麼多事。」玉梅又急了，數落爸爸。

「看看爸燙著沒有？往後買個鐵的茶杯給爸就好了，爸的手不好。」玉蘭跑過來查看爸爸的大腿，拽個毛巾擦拭著，又蹲下來撿地上摔碎的玻璃碎片。金鎖也蹲下來幫她撿。

那個高傲的玉梅跑一邊生氣去了。金鎖看了爸爸一眼，真是無奈，想起書裡的一句話——「虎落平陽被犬欺」。如果爸爸好好的，玉梅才不敢這樣霸道。

「你們學校有參加數學比賽的嗎？」玉蘭身上散發著好聞的甜絲絲的味道，金鎖第一次這麼近靠著女孩子，感覺特別不自然，緊張、害怕。

回答玉蘭的話自己都沒有發覺有什麼問題。「沒有，啊，有，有吧。」金鎖去外面拿掃帚準備清掃一下，玉蘭也去外面拿。

「我來吧，我來吧，你這麼遠來挺累的，快去休息。」

「沒事，沒事，我掃吧。」

第三章

兩個少年爭搶掃帚掃地。

「讓玉蘭掃吧，金鎖休息一下吧，一會兒還得回去，家裡就剩下爺爺，那麼大歲數了。」爸爸在一邊看著，說出這句話的時候，金鎖非常驚訝，爸爸這麼關心他，這很讓金鎖意外，這可不是爸爸的性格，爸爸從來都不袒護他。

過了晌午，金鎖要回家了，後媽從後面追出來，拎著一個紅色塑膠袋，裡面有幾個鹹鴨蛋，還有燉熟的鹹菜，又從口袋裡掏出兩百五十塊錢來，塞給金鎖。

「得靠我養幾頭老母豬，下幾窩豬崽賣點錢，不然，哪裡有賺錢的方法啊？你爸住院花了五萬多。別嫌錢少，拿去吧，聽說你功課好，買個文具什麼的吧。」

「後媽，謝謝你。鴨蛋我要，錢不要。」金鎖說完臉跟被巴掌拍打了一樣熱，心也跳得厲害。他恨死了自己，怎麼直接叫人家後媽？

估計是後媽沒有仔細聽，發現金鎖叫她媽，高興得笑起來，摟著金鎖的肩頭叫大兒子，讓他週六週日還來這裡玩。

金鎖第一次感覺到後媽其實挺好，是個熱心腸的人。

金鎖騎上車出了院子，一路上腦袋裡翻江倒海。他出來的時候沒有跟爸爸說實話，本來是叫爸爸回家，參與分地的大事，見爸爸這個樣子，說了也沒用，倒讓爸爸著急。

金鎖沒有和任何人說出這次來的目的。儘管吃得飽飽的，可感覺渾身無力，好像全身的筋骨都被抽掉了。

金鎖飛速騎著，滿腹心事，沒有心情看路面，路上的石頭也不避開，坑坑窪窪也不繞，金鎖硬著頭皮往前闖，腳踏車反抗似的上下顛著。

忽然，一陣清脆的喊聲從後面傳來：「金鎖，金鎖，等等我，等等我。」金鎖趕忙剎車，回頭看。

只見玉蘭小小的身影從後面追過來，到了金鎖跟前，累得呼呼喘氣，彎下腰去。

「給你！」玉蘭交給金鎖一個塑膠袋，好像很重的樣子。

「什麼呀？」金鎖帶著疑問看著玉蘭紅撲撲的小臉。說實話，玉蘭沒有玉梅好看，也沒有玉梅會打扮，但金鎖對玉蘭很有好感。

玉蘭沒有回答，扭身跑了，頭也不回。金鎖打開一看，一個精美的密碼日記本，一本《動物大王》，正是金鎖喜歡看的。還有兩包零食，也是金鎖想吃而吃不到的。另外還有一個厚厚的折疊成飛燕形狀的信箋，金鎖的心狂跳不止。

班裡曾經發生過男女生互相寫信的事，這件事傳得沸沸揚揚，一股暗流在學生之間湧動，偷偷寫信之風刮了好長時間。少男少女們第一次找到寫信的樂趣，有的開頭甚至用「親愛的」，羞死人了。不過，那種事情，雖然表面人人憎恨，但內心裡也暗暗盼望，希望自己有一天也能收到一封這樣的信箋。

第三章

校長針對這件事在大會上不點名做了嚴厲的批評。金鎖心跳加快了，難道是小姐姐偷偷寫給他的情書？這麼丟人的事竟然降落在自己頭上？金鎖一想到這個，臉紅心跳，夾雜著說不清道不明的新奇和神祕感。他小心翼翼拆開，只見潔白的刀切紙上，工工整整寫了滿滿一頁的文字，字跡清秀，稍稍往左邊傾斜，好像被微風吹過的田野一樣，這樣的字體看著很獨特很舒服。

金鎖一看標題：《家鄉的小河》。

原來是一篇寫景色的作文呀，金鎖有點失望，沒有看見他心中想像的「親愛的」的字樣。

這篇作文一定是玉蘭最滿意的，所以特意抄寫下來送給金鎖。

金鎖第一次收到女孩子的禮物，心裡瞬間暖了，本來是高興的事，可金鎖就想哭，金鎖說不上是什麼感覺，終於控制不住自己的情緒，跨上腳踏車的瞬間，眼淚也劈哩啪啦飛下來，這是今生第一次這樣幸福流淚。

金鎖在從未體驗過的情感的小溪裡徜徉，此刻他感覺非常幸福。無法言說的甜蜜讓他渾身沸騰，看眼前的一切都那麼美好。

玉蘭沒有玉梅漂亮，可在金鎖的心裡玉蘭最美。金鎖依稀記得小時候，後媽說過，金鎖比玉蘭小幾個月，下次見面的時候，一定叫她一聲姐姐。

金鎖只用一隻手把著車把，騰出一隻手摟著這些東西，抱在胸懷裡。想到又有一本書看了，金鎖的喜悅化作力量，全都集中在腳上了。

抽籤

今天，好多人家的煙囪裡早早飄出炊煙，街上飄著各式各樣的飯菜味道。太陽剛冒出頭，人們早早吃完早飯，有的叼著老旱煙，有的換上乾淨衣服，邁著悠閒的步子，來到吳老大家。

大家聚在一起畢竟沒幾次。很多人是來湊熱鬧的，沒有參與分地的人家，也來這裡湊熱鬧。老吳家人緣不好，連個小貓小狗都不去他家，因為害怕他們家那惡狠狠的二棒子。今天藉著開會的機會老吳家來了這些人，他們特別熱情。老吳家人把院子掃得乾乾淨淨，早早燒了開水，準備好茶葉，煙捲兒和旱煙備齊，還破天荒去大亮超市買了幾斤瓜子，放在一個深盤裡。大夥兒你抓一把，他抓一把，地上到處是瓜子皮。有人很禮貌，不亂吐，用另一隻手攥著，吳家男人就大度體諒的說：「扔地上，隨便扔，過後一起掃，也不費什麼事。」

今天，對於金家店的一些農戶來說是個重要的日子，大家都知道，這次主要是調整

第三章

土地。準備分下去的土地分兩塊，一片是旱澇保收的南山窪。

南山窪屬於山根土，從山上沖積下來的腐殖土形成的山中平地。這片地在過去人稱保命田，種什麼什麼豐收，苞米棒子有一尺半長，穀穗子有一尺長，如果栽馬鈴薯，個頭有小孩腦袋大，地瓜像個小枕頭，蒸一個全家吃。總之，人人都用眼睛盯著南山窪。

另外一片準備分下去的土地，是金家店的西坡。金鎖家現有的幾畝土地也在西坡，是有名的兔子不拉屎的「旱龍道」。這次爺爺特別希望家裡能夠分到幾畝好地，畢竟金鎖越來越大了，開銷也大了，有好地，才能多種糧食，多種點糧食才能多養豬雞，多賣錢。

金鎖發起愁來，分地算是家裡的大事，可爺爺嚇得早就裝起病來，好像讓他走到老吳家那是做夢的事。就這點，金鎖理解不了爺爺，爺爺膽小怕事，怕到什麼事都不敢面對了。

「唉，當初為了你爸有個媳婦去過日子，這可好，不管家裡老少了。一年沒回家了吧，家裡的事也不管了。」

爺爺一邊吃飯一邊嘮叨，金鎖欲言又止。

爸爸坐上輪椅了，這事金鎖沒有告訴爺爺，怕爺爺倒下。

從爸爸家回來，金鎖把腳踏車送去給趙大伯，金鎖跟趙大伯訴說了爸爸的狀況。

趙大伯把金鎖拉進屋裡，講道理給金鎖聽，什麼叫立志，什麼叫立事，什麼叫拿得起放得下，什麼是重要的，什麼是不屑的。金鎖有了想法，縈繞心頭的愁緒像風一樣飄散了，想起學校裡流行的句子「天上飄過幾個字：什麼都不是事」。只要面對就好了。

趙大伯拍著金鎖的肩膀說：「穿得破不重要，成績好才重要；長得醜不重要，心地善良才重要；吃得不好不重要，吃得飽才重要；有事情不重要，敢面對事情才重要。」

趙大伯不愧是資深教師，說話就是好聽，他說的話，金鎖總能用心聽下去，也按照趙大伯的話去做。金鎖知道，爸爸病了，家裡的頂梁柱塌了，爺爺一年比一年歲數大，金鎖知道自己肩上的擔子更重了。

金鎖心裡守著這樣大的祕密，自然而然成長起來。

早晨不用爺爺支使就自覺疊被子、洗碗筷、掃院子。而且，金鎖學著趙大伯的樣子，把農具家具都歸攏到一起，這樣，院子裡顯得寬敞起來，掃乾淨之後，看著心裡敞亮多了。

太陽爬上山頂，早飯吃完了，金鎖換上唯一的好衣服——藍白相間的校服，去老吳家開會。爺爺在屁股後面跟著，好像送別去戰場的戰士。金鎖回頭看了爺爺一眼：「爺爺，要不，你去吧！我又不懂這些。」爺爺聽了馬上來個一百八十度回轉，回屋去了。

第三章

望著爺爺的背影，金鎖發現爺爺真是個可憐的人，連人群都不敢進，強大的自卑也讓爺爺自閉起來。

老吳家在金鎖家的正西邊，幾分鐘就到了。金鎖走著走著拐了彎，又繞到後院趙大伯家去了。

金鎖想騎著腳踏車去，潛意識裡腳踏車能為他壯膽。

當金鎖出現在趙大伯的門口，趙大伯正把腳踏車推到了門口。

「金鎖，你騎車去。我都幫你打好氣了。」

不愧是趙大伯，說話辦事總是讓金鎖舒服，這種心有靈犀一點通的瞬間讓金鎖更加喜歡趙大伯。

金鎖騎上車子直奔老吳家。

老吳家大門口站著好多人，男女都有。看來會議沒有正式開始。有幾台腳踏車並排立著，而多數腳踏車都是靠牆歪著，像個病人。

金鎖找個寬敞地方，瀟灑把腳踏車一立，不管怎麼樣，金鎖的車子是完好的。

少數摩托車停在院子裡。在金家店，誰家有個摩托車那可是最高傲的事。如果誰家有了急事，去鎮上辦事，求誰的摩托帶一趟，過後都要好酒好菜招待一頓。

轎車只有三台，那是鎮長一台，村長一台，吳老大家一台。

「金鎖來啦，據我所料，你爺肯定不來。」有人跟金鎖打招呼，目的就是為了學一下爺爺的口頭禪。

金鎖笑笑，不知道怎麼回答。「這孩子，聽說成績不錯。可惜……」

有人說到這裡不再說下去，然後交頭接耳，金鎖全然不顧，很自信的走進吳家屋裡去。

一進屋，金鎖就捂了鼻子，屋裡說不上是什麼味道，除了滿屋嗆人的煙霧，還夾雜著類似貓屎的味道，直嗆鼻子。

「金鎖來了，馬上開會，你別亂跑，一會兒就抽籤。你爺怎麼沒來，動彈不了嗎？」村長杜超看見金鎖問道。

還沒等金鎖回答村長的話，杜超又和別人打招呼去了。

「誰來都一樣，公平競爭，靠的是手氣，也不是按照大小人來分地。」這是李國章在人群裡說話。別看李國章又黑又胖，但很精神，很有氣魄。肥胖的身軀把板正的西裝、潔白的襯衫襯得正好，能從他身上看出與眾不同。

金鎖打量了一下吳老大的家，這讓金鎖真是開了眼。外表很普通的平房，屋裡竟然可以裝修得這麼氣派。

房頂上的吊燈像開放的蓮花，茶几傢俱是整體的一套組合，暗紫色非常好看。屋裡

第三章

竟然有寫字台、有檯燈，吳老大的兒子吳迪比金鎖大一歲，比金鎖高一個年級，馬上上國中了，吃得胖成了皮球，此時手裡握著一個手機玩得不亦樂乎，根本就不把金鎖放在眼裡。

幾個人圍著村裡著名的會計師，人人叫他「大會計」，他此時翻看著帳簿，大腿上的算盤劈哩啪啦打著。

吳老大不時為這個倒水，幫那個上煙，還倒了一杯給金鎖。金鎖沒有喝茶的習慣，也不渴，但很禮貌說了一聲「謝謝」。

吳老大的媳婦把瓜子盤子直接端給金鎖。「你都裝口袋裡吧，不給他們吃了。」

金鎖畢竟是個孩子，吳老大的媳婦呵呵笑著，順勢打開金鎖的口袋，把瓜子全部倒進去。金鎖不好意思被左右著，不過心裡挺高興的。吳老大的媳婦笑起來真好看。

「都進屋裡來吧，馬上開始抽籤。」

村長朝院子裡喊一聲，人們停止閒聊，陸陸續續進了屋。老吳家椅子上地上滿是人，窗台上箱子蓋上也坐滿了人。

金鎖的心開始咚咚跳，第一次參加村裡的事，此時，他覺得自己正在做一件大事。心裡盤算著，分完了地，他還得騎車去看爸爸，告訴爸爸一下分地的經過。

「金鎖，聽著，抓到哪塊地，全憑自己手氣。你能做主嗎？」

金鎖嚇了一跳。滿臉的尷尬把他飄得遠遠的思緒拉到老吳家來，好在沒人注意他。這些大人們心裡都想著心事，誰會注意一個邋裡邋遢的窮孩子呢。

村長杜超清了清嗓子，把這次調整土地的規則說了一遍，最後他板起臉很威嚴的說：「我特別強調一點，必須一次成功，不能來回猶豫，抓住好地別得意，抓住破地別抱怨。好地每人一畝。山坡地，旱龍道那裡，每人三畝地。好年頭的話都差不多。現在開始抽籤。」

金鎖開始緊張起來。大會計撕下一張沒有字的白紙，剪成大小均等的紙條，然後，當著大家的面開始寫字。紙條上寫著南山窪，或者旱龍道。寫完後，大會計和村長拿起紙條揉成球，再把籤放進村長那漆黑的帶著濃重汗味的帽子裡，還晃了晃，往眾人面前一放，大家開始搶紙條，也就是抽籤。原以為抽籤是個遊戲，沒想到村子分地這麼重大的事，也用抽籤來決定。金鎖一下子把這事看淡了許多，心裡產生了好多感慨，大事有時候用土辦法解決，而小事情有時候興師動眾的呢。

比如抓老鼠，那得備足水桶、鐵鍬，堵好四周的窟窿，東南西北各個關口布置關卡，最後出來一個比棗子還小的老鼠，一群人竟然沒抓住，讓牠溜了。

每個人都把抓到的紙條第一時間打開，轉過身，神祕兮兮的。凡是抓到南山窪的，高興得滿臉放光。抓到西坡的，也笑著大罵，這手臭的，說早上特意用香皂洗的呢。

第三章

當金鎖走上前的時候，帽子裡僅剩下四五個紙球球了，揉搓得黢黑。幾個家庭條件比較好的，不太看重土地，慢條斯理，完全不在乎抓到什麼地，這種瀟灑讓金鎖很羨慕。

最後幾個人抓完打開紙球的時候，竟然全是西坡的薄地。他們互相對視，表示懷疑，難道誰還有透視眼不成，把南山窪都抓走了？

郭二看看帽裡最後兩個紙球，兩眼放光，意味深長笑了。他上前急忙搶了一個紙球，剩下的就是金鎖的。

金鎖拿起紙球當眾打開，那字寫的，好像經年的棗木棍七扭八歪橫在紙上：旱龍道，五畝。

五畝地的籤就一個，就是旱龍道當中最乾旱的地段。

郭二賴子也當眾打開，也是棗木棍一樣的字：南山窪。

好幾十雙眼睛盯著，轟轟烈烈的金家店土地調整分配結束了。

金鎖甘願倒楣，到底是抓了這塊破地，居然抓的最大塊。金鎖不知道怎麼跟爺爺交代，看來還是自己不行，人家怎麼就抓到好地了呢。金鎖感覺肚子空空的，飢餓感襲來，滿腔興奮的心，一下子掉進冰窖裡，沒想到是這個結果。

接下來，村裡派了兩個年輕的腿腳好的人，扛著杆子，拉弓牽繩，大會計拎個掉了皮的黑袋子，裡面夾著帳簿，一群人吵吵嚷嚷跟著去了西坡。

這個時候，有幾個人聚在一起交頭接耳，說得神神祕祕。金鎖悄悄靠近，想聽聽他們說什麼。

「看見了沒，抓到南山窪的都是什麼人？抓到旱龍道的都是什麼人？沒鬼？誰信啊。」

「這裡也沒有假啊！大家都看著呢，當場做的紙球，當場寫的字。」

「你就等著吧，早晚露餡。」

金鎖不知所措，也聽不懂。不過，想想剛才抓到南山窪的人，竟然全是村長或有頭有臉的人。吳老大也抓到了南山窪。而抓到旱龍道的，全是村裡最沒能耐最沒地位的老實人，像金鎖這樣的人家。

「來來來，金鎖，先為你家打，記住邊界。」杜超喊。抓住旱龍道的人，全都上了西坡。

金鎖忙跑過去，好大的一片荒地，去年因為乾旱沒有長起來的莊稼，已經被牛羊糟蹋得滿地狼藉，這一大片山坡地，都是金鎖家的了。

金鎖記住了邊界，過去修的壕還在，好找好記。

「這地真巧啊，怎麼正好是旱龍道呢。」有人小聲說。

第三章

「這樣吧，金鎖全都攤上了旱龍道，多給一畝，大家有意見沒有？」

沒人吱聲，會計掐著帳簿下帳。東西壟，金鎖分到了四個壕格，放眼一看，面積真不小，爺爺一定會高興的，金鎖天真的想。

金鎖站在坡頂，朝四外望去，群山連綿，伸向遠方。遠方有隱隱約約的白房子，金鎖問那是哪裡。有人告訴他那是礦區，看著不遠，其實很遠了。北面還有幾個大煙囪，那是發電廠。東北方向有一條巨龍，好像一個巨大括弧的背面，那是著名的山，是聞名的露天煤礦排出來的廢料，如今成了磚廠的原材料。

站在坡頂，欣賞遠山遠水，金鎖高興。金鎖暗下決心，哪天一定騎上腳踏車，周遊外面的世界。

金鎖捏斷身邊一根柳樹枝條，擰出樹皮，做了三四個柳笛，一起放在嘴裡。各種聲音混雜，有的細如小雞崽呻吟，有的粗如牛犢子吼叫，在山坡上響得很獨特。好多人回頭看著金鎖，覺得他到底是個孩子，不知道憂愁。

幾個人早就下了山，他們滿臉怨氣。

第四章

爺爺砍樹了

當各式各樣的樹木綻放生機，枝丫間填滿了濃密樹葉時，整個溝壑山谷顯得豐盈蔥蘢起來，金家店的人們開始忙碌了，南梁北坡，到處是耕種的人。甩大鞭子的聲音，農人的吆喝聲，夾雜著大鵝和牛羊的叫聲，在山裡迴旋。

金家店生機勃勃，一片春光。莊稼不收年年種，春天總是給人希望。

金鎖和爺爺的生活水準急劇下降，吃個雞蛋好像能要了爺爺的命。因為增加了土地等於增加了投資，種子和化肥特別貴。這些東西，都得用賣雞蛋的錢換來，甚至搭上幾隻老母雞的性命。

爺爺最近加大了藥量，每次一片的量，這次吃倆，為的是讓腿疼能夠舒緩一些，好下田耕種。對於金鎖抓到的旱龍道，爺爺沒有埋怨金鎖，只是說了那句口頭禪：「據我所料。」

這次金鎖沒有頂撞爺爺，因為這次爺爺料得很準。金鎖就像做錯多大事一樣喪氣。他才不在乎什麼旱龍道不旱龍道的，而爺爺在乎。

最近，爺爺對家禽家畜特別大方，開始為家裡的大鵝、母雞，還有鴨子加料。雞鴨鵝們真賣力，幾乎一天下一枚蛋。西屋的葫蘆裡幾天就裝滿，拿到大亮超市去賣。

第四章

爺爺把閒置一年的繩索轆套，各式各樣的春播農具全都搬出來，擺放了滿滿一院子，開始各種收拾、修補。有木頭的犁杖，也有二手貨，那是別人淘汰的鐵製的犁杖，爺爺用鐵換的。

院子裡放上一個小小的飯桌，那是爺爺自己用木板子釘的，漆黑漆黑的。上面擺著煙笸籮和一壺茶。

往往是剛倒的茶水不喝，想喝的時候水涼了，爺爺端起茶杯一口乾了，發出跟喝酒一樣的聲音。金家店人都知道，爺爺喝的茶是自己配製的，有晒乾的野玫瑰、野菊花、丁香葉子，還有山花椒。那是多種味道組合在一起的，苦中有甜，香中帶澀。爺爺說，他胃口好、胃腸好，全憑這些山茶滋養著呢。

其實，爺爺是捨不得花錢買超市裡的紅茶。最近，金鎖的個子好像山窪裡的荊條，迅速往上躥，原先肥大的校服，褲子成了八分褲，鞋子去年穿二十四號，過了年就得穿二十五號的。現在，他的兩隻大鞋跟小船一樣。他說話甕聲甕氣的，脫離了孩童時期的清脆，變得沉悶。

也不知道是自己聲音的影響，還是腳上的鞋子變大了，還是校服小了，金鎖成天被這些「長大」的資訊包圍著，自然而然也就變得沉穩起來。

前院的小嘎子找他去挖山鼠，他不去了。小秋找他去摘好看的樹葉做書籤，他也不去了。每日雷打不動上牆頭走秀，也不走了。歸根結底一句話：「沒意思。」

以前爺爺抓不住他人影，現在可好，賴在床上不出屋。招呼他吃飯洗臉都懶得動，整日抱著一本書看，翻來覆去看。或者做作業，嘴裡叨叨咕咕念著，爺爺也聽不懂，只要是與書本有關，爺爺都網開一面，隨他便。

爺爺把這些傢俱修理妥當，一樣一樣放到牆角下。爺爺每日加料給小毛驢，裡面放了很多豆餅。

「吃吧，小毛驢，吃胖胖的好效力，我有飯吃，你有草料吃，都是為了這張嘴啊。」

「人活著可不是光為了吃飯，那不成豬了。」金鎖接上爺爺的話。

「人為財死，鳥為食亡。什麼大人物不吃飯？」爺爺說完這句話，金鎖的心裡也想了這個人生大課題，人生是為了這張嘴活著嗎？這張嘴現在也沒什麼好吃的呀！如果人活著是為了吃飯，那太沒意思。他完全否認爺爺的觀點，但自己又說不明白。憑著目前掌握的那點兒知識，金鎖還不能充分闡述生活與活著的區別，但金鎖知道其中的道理。

爺爺時不時捏點豆粕扔到嘴裡嚼，金鎖離爺爺遠遠的，聞不了他滿嘴的豆腥味。金鎖很奇怪，爺爺怎麼什麼都吃呢？地上撿個苞米粒子也扔嘴裡嚼了。

「鎖子，今年我的腿沒力氣，怕跟不上犁杖。週日你得去看看你爸了，看看他能不能抽出一天來，幫我們爺倆把地種上，把種子埋上就不用他了，剩下的，莊稼慢慢長，我們慢慢伺候，幾個月就熬到秋了。」

爺爺說完，抬起頭，下意識往西邊爸爸居住的方向看了看。最近爺爺這個動作每天都重複幾回，希望出現奇蹟。

「爺，我爸不能回來了，回來也種不了地了。」金鎖忽然改變了想法，不想隱瞞爺爺了。金鎖不想讓爸爸背負不孝的名聲。

「怎麼回不來了？」爺爺瞪著眼睛，心裡咯噔一下，扭頭看著金鎖，一種不祥的預感讓爺爺好像吃了一瓣大蒜咽下，那股辣心的感覺特別難受，怪不得兒子這麼久沒有回來，敢情是出事了。

「我爸得了腦血栓，癱瘓了。」

「你不早說？」

「你也沒問啊。」

「這還用問嗎？虎小子。什麼時候的事，多長時間了？這麼大的事怎麼不告訴我？」

「後媽說有兩個多月了，告訴你有什麼用？你又沒有錢，乾著急。」

「沒錢就不告訴了？難道我臨死也看不著我兒子一眼？」

爺爺這麼說，金鎖無語了。想到爸爸的慘狀，金鎖心裡陰鬱又難受，也沒有什麼辦法。爸爸是爺爺的兒子，這種親密的關係金鎖好像才發現，金鎖一下子感覺最親的一家人不在一起，這是多麼悲哀啊。

「走，看看你爸去。」

「爺爺，別去了，我爸不能扶犁杖了。」

「不能扶犁杖才去看，他要什麼都能幹就好了。」爺爺忽然變得手腳快捷起來，不哎喲哎喲捶打後背了。爺爺找個掛著塵土的破袋子，把鵝蛋、鴨蛋、雞蛋，都是最近新下的，通通裝進袋子裡，用草粉填充好，背在肩膀上，把木頭大門用樹棍子一別，說走就走了。

「爺，別去了。」

「走，快點，早去早回。唉，怪不得前些日子我夢見你奶了，她一直跟我說呀，囑咐我呀，要我幫門口的刺槐澆水。我就不聽，還拿著大刀砍了一通，這大樹就被我砍倒了。這是前兆啊，這棵大樹可不倒了。」

「爺爺，都賴你，你不砍樹就沒事了。」

儘管這句話很幼稚，金鎖還是說出來，希望爺爺減少點悲傷。

第四章

帶著爺爺上路了

爺爺背著袋子，裡面裝著蛋，步履蹣跚，卻走得挺急。腳下的石頭被爺爺踢得四處逃竄，金鎖發現爺爺的脊背更彎曲了。

爺爺也不說話，自顧自往前走，咳嗽著清著嗓子，吐得痛快。金鎖想了想，爺爺走到爸爸家得兩個小時，這樣會把爺爺累壞的，金鎖一個轉身，跑沒影了。

「嘎吱」一聲響，爺爺嚇得跳了起來。只見金鎖比爺爺高了半截，坐在腳踏車上，停在爺爺身邊。他一隻腳點地，一隻腳翹著踩著腳蹬。

「爺，上車吧，我帶你。」爺爺噘著嘴，滿臉怒氣，見金鎖騎車，就知道是從老趙那裡拿來的。本想罵孫子幾句把車子送回去，爺爺憋了半天，還是默認了。

金鎖心疼起爺爺來。

「爺爺，上來啊。」

「那麼單薄的小玩意，能帶動人？壓垮可賠不起，我不坐。」

爺爺幾步超過去，金鎖稍微一用力就把爺爺落下四五十公尺，停下等爺爺跟上來。

「爺爺，你上來試試，路平的地方帶你，路不好的地方你再下來，比你走著快。」

爺爺真是走累了，主要是心累。心裡的累讓爺爺沒有力氣，兩條腿有嚴重的風濕病，爺爺早就抬不動腿了。爺爺抬頭望望明晃晃的太陽，眼看就晌午了，嘴上不說，心裡十分焦急。

金鎖跟在身邊一直等著，離爸爸家還有很遠的路，爺爺只好妥協。爺爺兩手扶著金鎖的後背，腿騎在後車架上。爺爺腿長，兩腿下垂著。爺爺坐上車座的瞬間，金鎖握不住車把，左右搖晃，像喝酒的醉漢。

金鎖力氣夠大，晃動幾下就找到平衡，腳下用力蹬，車子用力往前衝。

金鎖納悶呢，那麼胖的同學，金鎖帶著不費力氣，可乾枯的爺爺顯得非常沉重。騎了一會兒，金鎖後背冒汗，額頭上的汗水不爭氣流下來。

「你坐得太死板了。」金鎖回頭看著爺爺，累得呼呼喘氣。

金鎖索性閉了嘴，用力蹬就是了。爺爺在後座上坐著，其實爺爺一點沒坐實，也幫著金鎖用力呢，儘管這力氣使得毫無用處。

這條土路相對平坦，金鎖見大路上沒有其他車輛，開始玩花樣。他採用螺旋式上升的方法，左拐右拐，逐漸增高延伸，比一直向前輕巧一些。

爺爺老實坐著，很享受的閉著眼睛想事情，一點沒有要下來的意思，金鎖又增加了力氣。

金鎖望著車下的影子，爺爺就像一個孩子緊緊貼著金鎖的後背，金鎖感覺暖烘烘

第四章

的。此時如果爺爺說下來走一會兒，金鎖會毫不猶豫讓爺爺下來，可爺爺老老實實坐著，一直坐著。金鎖只得咬牙堅持。

這一刻金鎖感覺到爺爺的重要了。爺爺享受的樣子讓金鎖心裡更溫暖。爺爺心疼爸爸，如同爸爸心疼金鎖一樣。親情牽連的疼痛這一刻在心裡扎了根，並迅速長大，金鎖下意識鬆開一隻手朝後面撫摸一下爺爺。爺爺乖孩子似的貼得更緊了。

金鎖一咬牙，這個黝黑而壯實的山裡少年，這一刻滿身的力量全部用在兩條腿上，蹬啊蹬，踹啊踹，腳踏車在鄉間的土路上發出細碎的喀嚓喀嚓聲，好像一支歌，鼓勵著金鎖努力向前。

「鎖子，我下來走一會兒吧。」爺爺害怕累著孫子。

「爺爺，你就老實坐著吧，我有力氣。」爺爺這句話讓金鎖更加逞強了。「爺爺，我問你一件事。」

「什麼事?說吧，不跟我要錢就行，我手裡的錢留著買種子呢，我們爺倆得活命吃飯啊。」

「爺爺，我不要錢。有那個好心人月月資助我，上學夠花了。我想問你，你和趙大伯打過架嗎?你們倆為什麼像仇人似的?」

「他呀，他不是人，背後使壞，特別陰損，以後你少搭理他。」爺爺毫不留情評說趙大伯。

「爺爺，我感覺趙大伯不是你說的這樣，他對我可好了。趙大伯有智慧，他喜歡看書呢，我的書都是從趙大伯那裡借的。小時候他就講故事給我聽，有這樣的爺爺多好啊。」

「我知道，老趙人不壞，樂意幫人，乾淨俐落的。也就是仗著肚裡有點墨水，瞧不起人。你看，村裡的人他聯繫幾個？人家有錢，吃皇糧，誰比得了他呀。這犢子就是命好。」

爺爺最終也沒說出來，他和趙大伯的矛盾糾結在哪裡。

金鎖終於堅持到坡頂，到了下坡路，此時，金鎖好像打了一場勝仗，到了享受果實的幸福時刻。

坡度不算太大，金鎖稍微按著煞車，腳踏車一往無前，加快速度，簡直快活透了。金鎖挺直脊梁，正襟危坐在鞍座上，腳踏車不用腳蹬，自己向前猛衝。要不是考慮到爺爺，金鎖會放開煞車，一放到底，那才痛快呢。

怪不得有句話叫先苦後甜，剛才上坡累得半死，現在又是多麼愜意。春風拂面，空氣清新，路邊開著金黃色的小花，如星星一閃而過。還有潔白的苦菜花。乾枯的野草叢裡鑽出的綠草，已經把枯黃覆蓋了。樹丫間的鳥兒上躥下跳。天地間因為春天才有這些美妙的景色，金鎖特意欣賞這些，想起玉蘭的作文。描寫春天的景象也不難啊，金鎖決定今天晚上就寫一篇景物作文，題目就叫「帶著爺爺逛街」。

村裡談戀愛的人見面就逗：「逛街去了？」金鎖揣摩他們說的話，似懂非懂又好像明白了他們的意思。

男人淚

金鎖和爺爺進了院子，金鎖發現後媽沒在家，玉梅在洗衣服，正甩著一件鮮豔的粉色衣服。

從東到西，一根矮趴趴的鐵絲線上，晾得滿滿的，全是五顏六色花花綠綠的女裝，經過水的浸濕，顯得更加鮮豔，和上次一樣。女孩子就是能洗衣服。這獨特的景色比春光還好看。

在旁邊不遠處用木棒子架成的柵欄上，掛著幾件黑不黑藍不藍的男式大衣服，好像蹲在牆角取暖的乞丐。衣服沒有擰乾，滴滴答答順著柵欄往下淌著水珠，不用說，這是爸爸的衣服。

不管怎麼樣，人家經管著伺候著，金鎖心裡有了小小的感動，看玉梅的眼神也柔和許多。可玉梅連聲招呼都沒打，臉色好像故意冷下來。金鎖也不搭理她，和爺爺徑直走進爸爸的屋裡。

爸爸躺在床上，身上蓋著被子，呼嚕聲直崩耳朵，睡得正香。爸爸的枕頭邊還有一個藥盒子，一個鐵杯子——到底是換上鐵杯了。鐵杯的邊緣髒兮兮的。地上，一輛輪椅靠在牆上。爸爸身邊還有一個尿壺。

金鎖故意抽了抽鼻子，用力呼吸著。上次那種難聞的臭味好像淡了一些，有一種別樣的味道彌漫著。原來箱蓋上點燃一盤蚊香，這種味道覆蓋了臊氣。

「爺爺來啦。」玉蘭從後門進屋來，看見金鎖和爺爺，欣喜的打著招呼。她馬上又轉回去，從裡屋端出一個小瓢，裡面有一捧乾乾巴巴的山棗，遞給金鎖。

金鎖發現玉蘭的袖口濕濕的，看來也在洗衣服了。不知道為什麼，看見玉蘭，金鎖心跳加快，臉騰地紅了，順手接過小瓢，說了一句：「謝謝你。」

「謝什麼呀，我去找我們媽去。」玉蘭咯咯笑著扭身跑了。

金鎖驚奇又驚喜，可愛的玉蘭，竟然用了一個非常溫暖讓人心動的詞「我們媽」。

金鎖這輩子最為遺憾的，就是從來沒有從內心深處喊過「媽媽」這個稱呼。媽媽，那是多麼神聖多麼幸福的稱謂啊。金鎖突然感覺自己是個可憐的人，連一聲媽媽都沒有叫過。

第四章

「傻小子，連個姐也不知道叫？」爺爺嗔怪著金鎖。金鎖望著玉蘭跑出去的背影，娜娜婷婷，腳步輕盈，越發好看了。金鎖羨慕起來，開始胡思亂想，如果自己是個女孩就好了。

「你帶著爺爺來的？真厲害。」玉梅走過來，面無表情說。她順手從瓢裡撿起一顆山棗放進嘴裡嚼著，發出牙齒與棗核摩擦的咕嚕咕嚕聲。金鎖偷偷瞥一眼她的手，那麼潔白秀氣，像剛剛洗過的蔥白。金鎖忙把自己粗糙的黑手藏起來，可別給她對比的機會。玉梅各倒了一杯熱水給爺爺和金鎖，很不好意思的說：「沒有茶葉了。」這個舉動足以讓金鎖意外了。估計她是看妹妹玉蘭這麼懂事友好，她不想比妹妹差。金鎖是這麼理解的。

「白開水就行，白開水養人。」關鍵時刻爺爺挺會說話。金鎖在心裡滿意的誇獎爺爺。

金鎖知道玉梅霸道，不領她的情，不冷不熱說了一句：「不渴。」剛說完不渴，金鎖就端起茶杯喝了一口，燙得直伸舌頭，把水吐出來，灑了一身。金鎖盡量想維護自己的尊嚴，可生活經驗和閱歷總是讓他顏面掃地。畢竟，他涉世未深。

金鎖尷尬低下頭，不知所措，連手腳都無處安放了，眼睛只盯著一處。

玉梅笑了，金鎖發現，她和林曉美一樣，笑得非常燦爛、非常好看，都是那種愛打扮喜歡臭美又高高在上的女孩子。

人家是女孩嘛，打扮也是正常的。金鎖心裡改變了對臭美女孩的看法。女孩就應該是美的，如果男孩子穿上花裙子，那成了什麼樣子？金鎖用「女孩是美的」、「女孩兒是撒嬌的」、「女孩兒是高傲的」的看法，為原諒玉梅找理由。

可玉蘭怎麼不這麼美呢，如果玉蘭像玉梅或者林曉美那麼打扮，玉蘭會更漂亮，一定最好看。

金鎖漫無邊際胡思亂想，聽見外面有說話的聲音，是玉蘭和後媽回來了。

金鎖站起身朝外面走去。

看見後媽的第一眼，金鎖就被感動了，也覺得不好意思。因為她和玉蘭手裡都拎著菜，顯然是特意去超市買了東西回來，這證明人家是做了準備了。有韭菜、豆角，金鎖還看見兩隻大雞腿。讓人家破費，金鎖心裡有些不安。

「爸來了，什麼時候到的？這麼遠，累壞了吧，快脫鞋坐下。」金鎖好像第一次聽後媽叫爺爺爸。

這一聲「爸」，讓爺爺渾身像扎了刺一樣，左擰擰右晃晃，受寵若驚的感覺舒服又緊張，好像這輩子還沒有享受過這種感覺。

第四章

「玉梅，拿個枕頭給爺爺，讓爺爺躺一會兒。」後媽今天看來心情不錯，頭髮盤起來，顯得幹練、漂亮。她的熱情像一股春風，讓爺爺和金鎖的心頭瞬間溫暖。

「買菜幹什麼，正需要錢的時候，又不是外人。」爺爺說。

「大老遠來了，也不差這點錢。村裡有個人家建羊舍，我跟瓦匠工作，一天給四百塊錢呢，都做一個禮拜了。」

後媽跟爺爺說著，是小輩跟長輩彙報情況的那種告訴。爺爺低著頭聽著，一言不發。爺爺表情愁苦，滿臉無奈，這個家，全靠這個瘦弱的女人支撐著，真不容易啊。

後媽走到床邊，輕輕拍打爸爸的肩頭。

「醒醒吧，還睡呢，看看誰來了。」後媽就像對待一個貪睡的孩子，把爸爸叫醒了。

「昨晚上不知道怎麼了，胃不舒服，折騰一夜沒睡，吐了半盆黃水，這是睡沉了。」

後媽分析著爸爸貪睡的原因。

後媽站起來去廚房做飯，玉梅一轉身，也跟著出去了。玉蘭又幫爺爺和金鎖續了水，也轉身出去幫媽媽工作。廚房裡傳來燒火的劈啪聲和盆碗的叮噹聲。

爸爸終於停止了鼾聲，翻過身來，瞪著血紅的眼睛，一時愣住了。爸爸的長頭髮已經剪去，滿腦袋盤山路，一道一道的，一片深一片淺，像狗啃的。

金鎖看著爸爸，那麼英俊瀟脫的人，被病魔折騰得不成樣子了。以前，金鎖對爸爸沒有什麼感情，在金鎖的記憶裡，家裡只有爺爺，他一刻都離不開爺爺。自從看見爸爸這個樣子，金鎖內心有些承受不住，越看越心疼爸爸，恨不得自己變成魔法大師，吹一口氣，讓爸爸站起來。

「你感覺怎麼樣？哪個腿不好使？手也不好使嗎？血栓這敗家病太糟踐人了。」爺爺見爸爸醒了，下地穿了鞋，站在爸爸身邊，拿起爸爸的左手摩挲著。

爸爸的左手能夠抬起來，但抬不高。手指彎曲，不聽使喚，每根手指都失去了功能。望著蒼白的兒子，爺爺目光陰鬱，臉色非常難看。正當壯年的壯漢，說倒就倒了。

「嗚嗚嗚，我活著還有什麼意思啊，嗚嗚，我不活了，我成了拖累，老天不讓我死啊，吃了一把藥片也沒死，嗚嗚嗚，我不活了——」見到爺爺，爸爸失控了，哭得非常傷心，鼻涕眼淚糊了滿臉。

爸爸嘔吐折騰了一夜，原來爸爸想服藥自殺，只是藥量不夠。

爸爸發出沉悶的哭泣聲，哭得死去活來，把金鎖嚇壞了。他不怕罵，不怕打，但怕哭，特別是大人哭，讓金鎖的心受不了。大人如果哭了，那是絕望，是極度的悲傷，好像人生走到了盡頭。

「我的兒啊，你怎麼這麼命苦啊，嗚嗚嗚，這病讓我老頭子得了多好啊，我做了什麼孽，讓我的兒子這樣啊，讓我老了無依無靠啊。」爺爺被爸爸傳染，也捂著鼻子嗚

第四章

嗚哭起來。

金鎖傻了，爸爸哭，爺爺也哭，兩個男人哭得翻江倒海，大河奔流，電閃雷鳴，泥沙俱下。屋裡人都不知所措，相對無言，因為無法安慰。

金鎖眼眶也濕了，最終流下淚來。

「我成了累贅啊，她們的媽媽不出去賺錢，四口人怎麼活啊？倆丫頭還小。」爸爸越說越傷心，好像這個家裡，他成了罪人。

爺爺天生嘴笨，也不會說安慰爸爸的話，倆人越哭越兇。金鎖想把爺爺拉一邊去，可爺爺還拽著爸爸哭，氣得金鎖也號啕大哭起來。

廚房裡叮叮噹噹鍋碗瓢盆的聲音，響得有些誇張，一聲大似一聲。這聲音蓋過了屋裡的哭聲。

屋裡的爸爸和爺爺，加上金鎖，三人以這樣的方式團聚，金鎖心裡有說不出來的難受。

當當當，當當當，廚房裡傳出來特別響的聲音，好像菜刀要把菜板劈開。金鎖走幾步趴在門縫一看，是後媽在剁雞腿。這聲音讓人心裡一顫一顫的，金鎖分明聽出這聲音就是「滾滾滾」的意思來，後媽的臉冷若冰霜。

屋裡人都聽見了廚房傳來的動靜。爸爸閉著眼睛，滿臉淚水把頭扭向一邊不哭了，爺爺坐在他身邊把頭低到褲襠裡，抹著眼睛嘆著氣，也不哭了。

金鎖心裡突然升騰起一個強烈的願望，他要接爸爸回家！

這個決定一冒出來，瞬間就在金鎖的心裡長成參天大樹，任何人都動搖不了啦。

「爸，吃完飯，你跟我們回家吧。」

「兒子，你說什麼？我沒聽明白，你再說一遍。」

「我要接你回家。我要扶著你鍛煉。」

「行，我的好兒子。到底是我兒子。就是死，我也要死在金家店。」爸爸滿眼放光，熱切盯著兒子，金鎖抽了一張衛生紙幫爸爸擦拭眼淚。

爺爺望著金鎖，又抹起眼淚：「好孫子，沒白疼你。打死一窩兒，爛死一塊兒，我們回家。」

金鎖心花怒放，爺爺心裡也敞亮許多，滿臉堅毅。爸爸又哭了，哭得更厲害，像個委屈的孩子，金鎖發現爸爸這麼脆弱了。金鎖示意爸爸不要哭，把手指向廚房。

後媽砰的一聲把門踹開。爸爸、爺爺、金鎖，不約而同打了個冷戰。

「你看看你們祖孫三人，啊？爺爺哭，兒子哭，孫子也哭。啊？又沒死人，哭什麼喪？一個哭也就罷了，還組團來哭，我是虐待了還是讓你們受氣了？」

後媽急了，但她說什麼金鎖都不生氣，情況就是這樣，明擺著。

第四章

「住院那陣子，沒有一個人幫忙，錢花完了，你們這麼哭，是不是故意讓外人聽見。我可造了什麼孽啊？找了兩個漢子，一個死一個殘，這輩子我是欠你們的。啊，啊，啊。啊啊啊——」

金鎖想笑，因為後媽的哭聲太像驢叫。

「煩死你們了，你們一來就沒好事，還花錢做飯做菜給你們。哼！」玉梅瞪著眼睛，也狠狠踢了門框一下。金鎖對她剛剛產生的那點好感又沒了。

但金鎖不搭理她，他堅毅的目光只是掃了一眼就移到窗外。窗外陽光正好，滿眼蔥綠，金鎖鄙視的神態讓高傲的玉梅明白，她的話，金鎖已經不在乎了。

「一家人吵什麼呀，快做飯吧，金鎖騎車帶著爺爺來看爸，早都餓了吧。」玉蘭來拉著媽媽的手，把媽媽拉到外面去。後媽抹了一下眼淚，又開始在廚房忙，洗菜做飯。

還沒吃一口，金鎖已經飽了，滿腹怨氣，更加堅定了金鎖的決心，今天一定把爸爸接回去。

這頓飯吃得無聲無息，金鎖本不想多吃，象徵性吃幾口就想放下筷子，但玉蘭盛了滿滿一大碗飯給他，還把雞肉塊夾到他碗裡。金鎖為難的抬頭看看她，玉蘭正笑眯眯用眼神鼓勵金鎖吃下去。為了不辜負玉蘭的好心，金鎖勉強吃下這碗飯。

爺爺開始也不吃，但後媽盛了飯給爺爺，又把最好的雞肉挑幾塊給爺爺，勸爺爺多吃，一口一個「爸」叫，爺爺的心軟了。細想起來，一個瘦弱的女人，供養兩個女兒上學，伺候癱瘓的丈夫，屋裡屋外一個人操勞，還得去打工賺錢，確實不容易。

爸爸回家了

吃完飯，爸爸最先收拾起他周圍的衣物來，看那架勢，刻不容緩。金鎖也幫助收拾，爸爸不時抬頭看看金鎖，眼神裡隱藏著難以描述的愛憐和自信，夾雜著羞愧，唉聲嘆氣。金鎖抿嘴笑了，拍拍爸爸的肩膀，一股看不見摸不著的情愫在父子之間傳遞。

後媽看見這父子倆的舉動有些發楞，嘴巴張得能塞進去一頭豬。

「你們這是幹什麼？我又沒說不伺候他！」玉梅屋裡屋外走，不知道她是高興還是悲傷。玉蘭看著他們，眼神迷離，一言不發，滿臉失落，貼著門框可憐兮兮的樣子。她偶爾看金鎖一眼，金鎖根本就沒有看她。

「我要回家，誰也不要阻攔，我兒子就是來接我回家的。」

爸爸說完這句話，表情堅定，眼睛發亮，滿臉自豪，這讓金鎖幹勁十足。

「你們這是做什麼？誰又沒攆他走，我們也沒說不管他，你們看看外面，小姑娘不嫌棄他臭臊的，洗了那麼多衣服。我們也沒虐待他呀。」後媽見爸爸和金鎖的舉動，有些驚慌失措。

「阿姨，讓我把爸爸接回去吧，我家沒人看家，我和爺爺得下地種田。」金鎖說著。

後媽順水推舟說：「那也好，省著在我家，你們不放心。」

爸爸繼續收拾著他周圍的東西，連個小手帕小紙片也塞進口袋裡，可見爸爸去意已決。

後媽終於上前阻止他：「你看你，你回那窮家有什麼好處？老的老小的小……在我們家最起碼我還能做點可口的飯菜給你。」也許是念著舊情，後媽挽留著爸爸，只是那話說得軟中帶刺，讓人接受不了。

後媽還沒說完，爸爸掄起毛巾朝她臉上打去，打得咬牙切齒，打得怒火萬丈。

看見爸爸堅定的樣子，這是非走不可了，後媽流著眼淚退一邊去。

金鎖幫爸爸穿戴好，把他小心扶到輪椅上，到底是半大小夥子，攔腰從後面一抱，就把爸爸很輕鬆的抱到輪椅上。

金鎖沒有想到，那麼高大的爸爸，抱起來竟然很輕。後媽用一個袋子，把屬於爸爸的衣服捲的捲，疊的疊，塞進袋子裡，用一根細繩捆紮在後車座上。

算起來，爸爸在這個家裡生活了十二年。十二年前，玉梅和玉蘭是兩個嗷嗷待哺的幼兒。如今爸爸撫養她們長大了，她們不需要爸爸了。

後媽一邊收拾一邊說：「換個環境也好，總在家憋也憋壞了。過一陣子在家待夠了，再回來。」爸爸沒有說話，低著頭。

出了門口，爸爸頻頻回頭，嘴張了張，一句話沒說。爸爸強烈要求回金家店，一定有他的理由，爸爸的淚水如小河流淌。

玉蘭不說話，偶爾抬頭看看金鎖，欲言又止。金鎖也看著她，心裡說：「再見了，小姐姐。」

「爸爸，爺爺，金鎖，你們想什麼時候來就來啊。」玉梅滿臉無辜說。金鎖看了玉梅一眼，她竟然說出這樣的話來，金鎖看了看她，笑了。

現在，金鎖有一種把爸爸奪回來的勝利感。金鎖推著輪椅從這個家裡走出來的時候，好像完成了一次壯舉，儘管道路不平，推著輪椅特別用力，可金鎖渾身上下透著輕鬆。

爸爸誇張咳嗽幾聲，還吸了吸鼻子，用手拍打前胸和大腿，好像要拍去一身灰塵，拍去所有的委屈和不快。爸爸一隻手緊緊扶住輪椅的扶手，抬頭四望的時候，小風一吹又流下淚來。

「我好幾個月沒見天空了。」爸爸像個孩子似的，看什麼都新鮮。

金鎖小心翼翼躲過路邊的石頭或者坑窪，輪椅上的爸爸不時隨著車子的顛簸而顛

第四章

簸，發出「哎喲」聲。金鎖小心翼翼推著爸爸，同時也是推著一種責任、一種擔當、一種感恩和回報。畢竟，爸爸給了他生命。這些年，爸爸努力工作，關鍵時刻爸爸總是拿錢回來。

依稀聽見身後有人喊，金鎖扭頭一看，玉蘭從背後追了出來。她總是這樣追上來，一定又是背著後媽和姐姐。

金鎖心頭一喜，停下來等她。是不是和上次一樣，她寫了作文給他看呢？那篇作文，金鎖看了無數遍，背得滾瓜爛熟，透過借鑑、聯想、引申、發揮、想像，舉一反三，金鎖的作文越寫越好。

雖然有幾次弄巧成拙，比如描寫春天的時候他來了一句「紅彤彤的蘋果掛在春天的枝頭」，描寫秋天的時候他抄襲了《賣火柴的小女孩》裡最美的一句話：「秋天來了，街上飄著烤鵝的香味。」全班大笑過後，他一下子開竅了，作文飛速提高，越寫越好看，越寫越會寫。這得感謝玉蘭的那篇作文。

玉蘭氣喘吁吁追上來：「金鎖，剛才忘了給你，這是我最近向同學借的，你先看吧，可好看啦。盡快看完給我。」

金鎖接過書，原來正是想看的《地心歷險記》，是法國作家朱爾．凡爾納寫的科幻小說，特別風趣幽默。科學家和侄子在地底下遊歷了三個月，同學們有看過的，眉飛色舞講述，金鎖做夢都想看到這本書，這本書特別適合男孩子閱讀。

金鎖眼裡發亮，高興極了，真是踏破鐵鞋無覓處，得來全不費功夫。人生又有了期盼，一切都變得美好起來。

「怎麼不謝謝人家。」爺爺見金鎖沒什麼話，提醒孫子。

「不用謝。」玉蘭甜美的聲音特別好聽。

「不用謝。」金鎖重複著玉蘭的話，友好的看著玉蘭，玉蘭羞澀的笑著跑了。

爸爸說：「這是個好孩子，我的衣服全是她洗的。」衣服還沒乾透，爺爺的車把上搭滿了濕漉漉的衣服。

金鎖情不自禁回頭看了一眼，玉蘭已經跑遠，頭上的蝴蝶結一跳一跳的，一襲小小的背影讓春天增添一分獨特的美麗。

金鎖推著輪椅，推累了和爺爺輪換著推。腳踏車前後掛滿了大大小小的包裹，根本不能騎。爸爸的全部家當都運了回來，無非是幾件破爛衣服而已。爺爺和金鎖換著推，哪個都不輕巧，就在他們面對一個小上坡、累得筋疲力盡停下來喘息的時候，地上的影子已經有十多公尺長，太陽漸漸西沉。

「據我所料，走到家，得晚上八九點鐘。」

「反正是一家人在一起，晚也高興，是吧老爸。」

第四章

本來挺累了，金鎖這回沒有反感爺爺「據我所料」，用手帕幫爸爸擦了一下鼻涕。爸爸圓圓的腦袋好像雞啄米一樣點頭。

金鎖發現，無論金鎖說什麼爸爸都表示贊同，這讓金鎖產生了強大的責任感，再也不能像過去那樣散漫，得多做事，勤快點，讓爸爸安心。

就在祖孫三代艱難行走的時候，一輛轎車在身邊吱嘎一聲停下來。

「金鎖！」林曉美從車窗裡探出腦袋，驚喜看著金鎖他們，喊了一聲。

金鎖好像看見了救星，但又討厭林曉美，推著爸爸繼續往前走，竟不搭理。

爸爸竟然伸出手來撫摸兒子胳膊，邊摸邊捏。這是對兒子無言的獎賞。有其父必有其子，父子倆的心思真是默契。雖然沒有一句話交流，但密不容針的心思在不言不語中融為一體。金鎖不想坐林曉美的車，而爸爸也不想坐他們的車，父子倆在不聲不響中達成共識。

這正是金鎖需要的心靈的依靠，金鎖渾身滿是力量。

「哎呀，可看見熟人了，幫幫我們，走不動啦。」爺爺不顧一切上前去求人。

「爺爺。」金鎖叫著。

「快上車吧，到家得多晚？這是搬家了吧。」林曉美的爸爸穿著時尚的衣服跳下車，奪過金鎖手中的輪椅，霸道的把爸爸推到轎車門口，把爸爸抱上車。

「不坐不坐，讓我兒子慢慢推著吧。多麻煩。」爸爸伸出手拒絕著。

「大哥，客氣什麼呀，難道坐我車還要了你的命?不比讓孩子累好?」

爸爸看了金鎖一眼。「謝謝大叔了，我不累，一會兒就到家了。」

「別猶豫了，上車!這點事算什麼。」林曉美的爸爸開始往車上拎包裹什麼的。

「哎喲大哥，看著一大堆，不沉啊。怎麼樣，一點不能動嗎?」

「左腿不好使，扶著點什麼能站起來，不敢邁步，頭重腳輕。」

「大哥，你這是失去了最佳鍛煉機會。你必須得鍛煉，你越坐著越完蛋。」

爸爸和爺爺坐在轎車後面，金鎖把腳踏車上的包裹全部卸下來放在後車廂裡。就在轎車即將開走的瞬間，林曉美從副駕駛上跳下來，「砰」的關上車門，朝爸爸揮揮手。

「你們走吧，我和金鎖騎腳踏車。」

林曉美站在金鎖面前，完全一副小女巫似的微笑。這笑嘻嘻的表情裡隱藏的內容是：這回看你往哪裡跑!

金鎖的頭瞬間大了，古語說冤家路窄，怎麼這麼對呢。越不想見的人，偏偏就躲不掉。金鎖本來想自己瀟灑騎著腳踏車，有這麼個累贅跟著，瞬間精神疲憊了。

林曉美長得很結實，個子也比金鎖高大，一看就是營養過剩的小馬駒。她奪過金鎖的腳踏車，嗖的跨上去，兩腳一叉，回頭朝金鎖喊：「上來，我帶你。」

第四章

金鎖瞥了她一眼。帶他?做夢去吧。被別的同學看見得傳成什麼樣子。孤男寡女在大道上共用一個腳踏車，說不定被人看見告訴老師，校長又該開大會批評了。

已經筋疲力盡的金鎖拒絕上車，朝前跑去，把腳踏車留給林曉美。林曉美氣得騎車猛蹬，把金鎖甩在後面，在前面停下來繼續等金鎖。

金鎖索性改了路線，向山梁跑去，不走大路走小路。

他要穿過大地，橫跨松林，抄近路跑回家去。林曉美氣壞了，朝消失在山梁的金鎖憤怒大喊：

「你去死吧，被大灰狼吃掉才好。」

第五章

金鎖出風頭了

最近，金鎖出風頭了，成了金家店的新聞人物。學校舉行了一次很正規的考試，這次考試特別嚴格，誰都別想帶小抄，連鉛筆盒、口袋都檢查過了，同學們互相調換教室、互換班級，也就是說，在考場上，一年級的同學和五年級的在一起考試。學校的目的，就是要測試出各個班級的真實成績，看看金家店的孩子們成績到底如何。

平時，這所山裡小學會根據季節調整作息時間。

冬季太陽出得晚，如果規定七點鐘到校，孩子們得開著手電筒上學。夏季即便是三點鐘放學，教室裡也是漆黑一片，因為太陽繞到大山的西邊去了。

在秋天，金家店人以採摘山貨為主，學校又適當調整作息時間，盡量創造機會給家長。沒辦法，靠山吃山，不這樣做，家裡沒有收入，山裡孩子們就有輟學的危險。在金家店人的觀念裡，撿一筐蘑菇要比上一天學實惠。花了不少錢，念來念去最後還得回家種地，有什麼必要呢？

所以，每次考試的時候，也不嚴格，同學們隨便抄襲，老師也不管他們。金家店小學全校不到六十個同學，不如城裡的一個班級人數多。若不是老校長硬著頭皮堅持著，這所小學早就關門了。

第五章

學校的老師只有五個人。其中一個據說上過高中，同學們都說，她在上課的時候織毛衣。其他兩個是鎮上安排來的，也不知道是什麼學歷，教小孩子識字不算屈才。學校突然辦了這麼一次嚴格的考試，好多學生傻了，握著筆急得冒汗，非常淺顯的題目，仍是做不出來。

平時嘻嘻哈哈玩得天翻地覆，考試才知道，自己什麼都不會。

成績公布出來了，這是真實的成績，多數同學成績低下，超過七十分的，寥寥無幾。

校長望著一疊滿是紅叉的卷子，啪地甩到地上。金家店的後代就這麼被毀掉嗎？

唯一讓校長安慰的是，金家店小學橫空出現了一個人物，這個人，就是金鎖！

看上去呆呆笨笨、悶頭悶腦的金鎖竟然位居學年組第一名，而且，英語、數學滿分。只有國語寫錯了一個標點符號，老師強忍著去了半分。他與第二名相差整整一百分！也就是說，金鎖的成績是真實的，只有金鎖真正把讀書這件事當作了一件事。

校長急了，召開了全校的家長會。

在那次大會上，校長慷慨激昂：金家店人不能祖祖輩輩在山裡過著這種貧困的生活，老一輩已經無法改變命運，但不要讓孩子們窩在大山窪裡。現在正在提倡綠色環保，再進山採摘是要罰款的，而且已經規定，明年就開始封山，任何牛羊都不得進入大山內去放牧。

好多家長驚得張大嘴巴，看來這日子越來越不好過了，不能上山，那可指望什麼活著呢？校長還說，金家店生源稀少，已經不具備辦學條件了。也就是說，所有的金家店的孩子們，在不久的將來，將全部走出大山，去鎮上或者縣裡去讀書。金家店小學，馬上就被取消了。

孩子們興奮極了，呱唧呱唧鼓掌，終於可以出山了，可以走到外面的世界去了。

「我告訴你們，別以為你們想去哪裡就去哪裡。那是用成績來衡量的。比如縣裡的英才學校，各科成績平均達不到九十五分以上，想都別想。」

一陣低聲嘆息，讓孩子們高興一下，臉上又掛滿愁容。

唯獨金鎖坐得筆直，他的身邊也沒有家長陪著。但是，金鎖的目光中透著堅毅和自信。

「在金家店，有資格的同學只有一位，就是金鎖。」校長滿臉放光，點名表揚了金鎖，而且把金鎖在校的所有表現，不惜用了大量的美麗詞彙大加表揚。比如他不浮躁、不追求吃喝、不注重打扮，金鎖用知識武裝自己。就目前看來，金鎖的成績，去任何學校都會受到熱烈歡迎。

金鎖的事家喻戶曉了，他成了金家店的學霸。金鎖出名這件事，對特別能造聲勢的

第五章

林曉美打擊挺大，她再也不當眾擺上小書桌，裝模作樣讀書了。事實上，林曉美在班裡排名也是「第二」——倒數第一，這個名次把她驕傲的心挫敗了。

後來，她哭天抹淚拿著考卷去辦公室找老師，指著幾處正確的答案，硬說是老師判錯了，拿出一哭二鬧的本事來，纏著老師幫她改過來。

各科老師都看見了她修改過的痕跡，考慮到林曉美也是學校裡的公眾人物，文藝表演的時候人家確實很賣力很出色，老師們只好為她的自尊做出讓步，把五十變成六十，把三十變成八十，反正總成績已經知曉，做個掩耳盜鈴的好事，畢竟是女孩子嘛。

林曉美開始算自己的總分，這點小聰明發揮到極致，從倒數第二一躍成為前十名。

班裡有不知道深淺的幾個人，嘲笑她是後改的，她就無力反駁幾句躲一邊去。驕傲的孔雀變成了失敗的醜小鴨。

這件事，凡是上學的孩子，回到家都把這個消息跟家長說了。金鎖考第一，林曉美也考第一。他們倆各占一頭，成了茶餘飯後的笑料。

放學的時候，金鎖拿著考卷直接去了趙大伯的家，他得把這個消息告訴大伯。因為金鎖知道，大伯知道這個消息，比他爺爺和爸爸都要高興。

讓金鎖出名的，還有另外一件事。

人生第一口酒

有一天，村長杜超家的一頭懷孕的小乳牛突然失蹤了。一頭牛價值五萬多塊錢，等於半個家底，杜超急得抓耳撓腮。

在過去，貶損人沒出息的時候都這樣說：「出息去吧，在家放大牛的命。」現在，如果誰有牛可以放牧，那是有錢人，是值得驕傲的事，一般的人家買不起牛。放牛放羊的，在村裡是最驕傲的人。

杜超全家出動，尋找一圈沒有找到，於是拿著手機一通撥打。人家不愧是村長，人脈廣，不一會兒各路人馬相繼到齊，十多個人組成的摩托搜牛隊，開始在各個路上搜尋。

突突突，突突突，加大油門的摩托號叫聲在山裡回蕩，到處飄著刺鼻的汽油味。他們的摩托隊象徵性轉了幾趟，發現沒有牛犢的影子，找了一會兒就「打道回府」了，直接坐在村長的房裡，準備喝酒。

村長媳婦心裡難受，也得強顏歡笑做飯做菜給這些人，雖然牛沒有找到，但到了飯時不能讓人餓肚子。

不愧是村長家，吃喝不愁。冰箱裡有肉，啤酒白酒飲料家裡有好幾箱子，電磁爐

第五章

電炒勺煤氣灶，做飯簡直太輕鬆了。沒用多少時間，村長媳婦就做了八個菜，葷素搭配。他們把圓桌面擺在屋地中央，圍了滿滿一圈人。人們開始吃吃喝喝，安慰杜超倆口子：丟就丟吧，有人緣才是主要的，說實在的，如果不是村長親自打電話來，真沒有時間出來呢。

看看，這酒喝的，多有面子。就在人們推杯換盞的時候，大門口突然有個孩子趕著牛犢子進了院子。杜超和媳婦忙跑出去一看，正是自己丟失的那頭小牛。但見小牛一瘸一拐，而金鎖蓬頭垢面，滿身泥土，衣服和褲子全被劃開了，手上流著血，臉上也掛了彩。

村長摟著金鎖進了屋，所有人的目光都看過來，大家仔細打量著金鎖。金家店的好孩子金鎖，此時，儼如一個逃荒的難民，慘不忍睹了。

原來，小牛掉進了山谷裡，幸虧底下有經年的樹葉子等腐爛物，很軟，小牛沒有摔壞。但小牛的大腿被套子套住了，那是有人下的用來套獵物的。

金鎖惦記他的那窩藍色鳥蛋，路過懸崖邊上，意外發現深谷裡有小牛的叫聲。附近根本沒有可以下到深谷的路，金鎖繞到很遠很遠的地方，下了深谷，走到小牛身邊，那可真是披荊斬棘。金鎖沒有放棄救助小牛犢，那麼可愛的一條生命，金鎖終於把小牛趕出深谷，解救回來了。

所有人聽了心裡一驚，那個深谷幾乎沒人敢下去過，那可是命懸一線的事，那是有名的魔障溝。

金鎖嘿嘿笑了，隻字未提他所受到的驚嚇和艱險。

杜超在看見金鎖的那一瞬間，除了驚喜、感動之外，一絲不易覺察的愧疚顯現在臉上，心裡像被貓抓了一樣難受。

村裡開大會抽籤的場面又在眼前閃現。今天這件事，無形中教育了村長一下。儘管他永遠不會承認做了什麼手腳，但他的內心知道自己做得對不對。

面對金鎖，這個成績好、善良誠實的孩子，他的處境已經夠不幸，在他身上算計，總感覺做了一件不是人的事。

杜超沒有去看小牛犢，而是拉著金鎖進了屋，把他按在椅子上。

「拿雙乾淨的碗筷來，功臣在這呢。」

杜超媳婦的臉此刻像窗外的春花，燦爛無比。她從鍋裡盛出一大碗酸菜來，好幾塊排骨好像粉色花朵開在大大碗公上。

「嫂子你不夠意思，留後手。」有人奚落她。

「留就對了，你們都是酒囊飯桶，這飯白給你們吃。金鎖才是功臣。」

不管怎麼說，小牛找回來是件喜事，杜超又搬來一箱子酒，這回是慶賀酒了。金鎖

第五章

被大魚大肉包圍了，被讚美誇獎讚嘆包圍了。

幾乎所有人都開始正經打量金鎖。這個小子，長得真不怎麼的，大鼻子小眼睛，但是，怎麼越看越好看呢。小眼睛有神韻，小眼睛水靈，眼角周圍，嘴角周圍，隱藏著一股英氣，還有秀氣，總之，是越看越好看的那種相貌。

人，不是因為美麗才可愛，而是因為可愛才美麗。

這句話此時最適合金鎖了。

村裡老百姓有句土話：頭三十年看父敬子，後三十年看子敬父。金家店的人並沒有看在父親的面子上對金鎖有什麼開恩的舉動。

因為金鎖的父親不在家，離開了金家店，成為外鄉人。

村裡誰家有大事小情，父親也不回來。金鎖和爺爺度日如年，也沒有錢去誰家。村裡人家知道金鎖家的條件，也不挑。可以這麼說，金鎖長這麼大，沒有參加過一次婚禮、壽禮，或者其他的什麼大事，也就是說，金鎖從來沒有吃過超過十盤菜的酒席。

今天，金鎖第一次坐在村長杜超家的椅子上，面對滿桌子的好飯好菜，有些東西金鎖不敢吃，比如那盤通紅的大蝦。還有嚇人的蟲子，這才知道那叫蠶蛹。但金鎖敢於冒險的精神在此刻體現出來。既然是吃的東西，別人能吃他就能吃。金鎖假裝很內行的夾了蠶蛹放進嘴裡，說不上好吃，但也不難吃，吃完一個就不想吃第二個，金鎖可以跟別人吹噓一下了，說蠶蛹不好吃。

金鎖又夾了一個大蝦，放嘴裡一咬馬上吐出來，這東西有皮呀。好在人們都忙著吃，各種閒聊，沒人注意金鎖，金鎖這才發現人們碗邊堆著的蝦殼。

杜超倒了滿滿一杯啤酒給金鎖。「來，鎖子，我感謝你，別看你小，我特意敬你一杯，以後有什麼事用得著我的，儘管說，我杜超不幫你我不是人。」

金鎖從來沒有喝過酒，但是今天他也很高興，深切體會到幫助別人、自己快樂的感受。

金鎖端起酒杯，一飲而盡！

所謂的啤酒，太難喝了，他搞不懂，為什麼那麼多人嗜酒如命？就喝這一次，金鎖就可以肯定，今生絕不會成為酒鬼了。但金鎖沒有被嗆到，也沒咳嗽，這是今生第一杯酒。「小子，你挺有酒量啊，滿上，滿上，滿上！」

金鎖趕忙離席，他的臉，好像蒙上了一張紅紙，比正月十五的燈籠還紅呢。

第五章

家裡有客人來啦

自從爸爸回來，家裡熱鬧多了，金鎖每天除了幫爺爺做飯，這回又多了一項工作——幫爸爸穿衣脫衣。

金鎖發現，爸爸的內衣內褲好像總也沒有換過，油光發亮，看不出花色來。金鎖把自己的內衣洗乾淨，為爸爸換上了。

到底年輕，金鎖的力氣能讓爸爸很順利的從輪椅上挪到地上，再從地上挪到輪椅上，而且爸爸再也不控制喝水吃飯了，有兒子端屎接尿，方便多了。

吃得多了，喝得多了，爸爸的臉色變好了。

晚飯後，金鎖把爸爸抱到地上，靠牆站立。由於很長時間在床上躺著，在輪椅上窩著，爸爸的一條腿有些僵硬了，金鎖架著爸爸的胳膊，來回挪蹭，好像父子倆在跳交誼舞。這是金鎖與爸爸肌膚相親最密切的時刻，爸爸非常願意的配合著。

金鎖喊著「一二一，一二一」鼓勵爸爸，儘管爸爸疼得渾身冒汗，也不喊叫，挺著，堅持著。

鍛煉一會兒，金鎖把爸爸放到輪椅上歇息。爸爸忽然感覺後背熱乎乎軟綿綿被壓著，金鎖正像小孩似的趴在爸爸後背上。爸爸眼前忽然有兩隻粗壯的像山鴿子一樣的手臂在頭頂上盤旋，頭頂上有輕微的仿佛螞蟻叮咬了一樣疼了一下。金鎖移到爸爸面前，把一根白髮撚著，在爸爸眼前晃。

「爸你看，你都有白髮了。」

「你都這麼大了，爸能不老嗎？」爸爸開心笑了，有了白髮也無所謂。在金鎖面前，爸爸有安全感，這是一棵小樹苗，早晚會長成參天大樹，為爸爸遮風擋雨。

金鎖有個信念，一定要讓爸爸重新站起來。他不指望爸爸工作，只要能走出屋去，坐在大門口的樹蔭下，和村裡的老頭子老太太說話就行。

其實，爸爸年齡不大，才四十多歲，爸爸滿繭的大手證明爸爸曾經的辛苦和勞累。金鎖心疼爸爸，暗暗發誓，一定拚搏出一個好的前途，讓爸爸享福。

來家裡拜訪的人漸漸多起來，這超乎了爺爺的預料。

大家進屋脫了鞋就上座，很不見外。大家七嘴八舌，無非是說爸爸這樣放棄財產離開虧了，畢竟為那個女人效力十多年，把她的兩個孩子養大。爸爸低頭沉默不語，那是當初的選擇，沒有對和錯。只怨自己不爭氣，太拚命了，累壞了身子。

金鎖在一邊聽著，當作故事來聽。只要有人來，就能緩解爸爸的孤獨寂寞，所以金鎖盡量抓緊時間，把作業在學校裡做完，回家好陪著爸爸跟客人說話。

自從爸爸回家之後，爸爸的狀況一天比一天好，臉色紅潤了，性格開朗了，與村裡

第五章

人說說笑笑，談古論今，也很少哭了。

金鎖有足夠的興趣和心情做自己喜歡的事。比如去趙大伯家看看書，和趙大伯說話，在大伯家寫作文。自從收到玉蘭姐姐的那封信之後，他就愛上寫字了。他開始寫日記，把好看的句子記錄下來。

最近，村裡人幾乎每一家都來探望金鎖的爸爸。不分親戚的遠近，也不分條件的好壞。大多數人家給了錢。有給兩千五百的，有給一千五百的，有給一千的。杜超竟然拿來五千，另外還有大米白麵豆油。這讓爸爸和爺爺驚恐不已，這是怎麼了？他們到現在也不知道金鎖曾經救回他們的小牛。

多數人家不富裕，拿不出錢來。有拿東西來的，比如雞蛋、水果、奶粉，還有拿豬肉和粉條的。

趙大伯也來了，給了爸爸一千塊錢，還買了好多補品，讓爸爸非常感動。金鎖感到非常自豪，這個大朋友多好啊。爺爺雖然話不多，但不停倒水給趙大伯，金鎖看了偷偷笑。

金鎖是個很細心的人，把這次來家裡看爸爸的人和他們拿來的東西，在本子上一筆一筆記清楚。等他長大了，要回報這些好心人。

在金鎖的幫助下，爸爸每日堅持鍛煉，頭重腳輕的症狀明顯減少，慢慢能自己扶著床站起來了。金鎖決定為爸爸做一副拐杖，讓爸爸慢慢學會自理。

村裡有金鎖這樣的孩子，好多孩子改了不少臭毛病，甚至有些大人也收斂了自己的不良行為。

村裡有個媳婦特別霸道，成天指桑罵槐給婆婆聽，這個婆婆成天像躲避瘟神一樣躲避兒媳。

大概是人們談論金鎖的事太多、太廣，這個訊息也傳到了這個兒媳的耳朵裡。專橫跋扈的兒媳竟然破天荒買了一件衣服給婆婆，儘管是不太值錢的地攤貨，可婆婆穿上兒媳買的衣服樂得分不清東南西北了。這件事全村都知道了，人人都誇獎這個兒媳做得好，在這樣輿論的影響下，慢慢的，這個兒媳真變好了。

五月中旬的時候，金家店的所有農戶，大片土地都耕種完畢，滿眼望去，剛翻耕的新土，橫豎交錯，盤旋迂回，大地變得色彩深沉。只剩下西坡旱龍道還沒播種，因為太乾旱，等待老天下場小雨。

金鎖上學了，家裡只剩下爸爸和爺爺在家的時候，他們倆也沒什麼話說。爺爺每日掀開日曆查看，爸爸也把輪椅挪到床邊，那裡懸掛著一張掛曆。都在日曆上尋找紅色的日子，週六週日，那是金鎖在家的日子。

「星期五了，快到禮拜天了。」爺爺自言自語。

「過了星期三就快到禮拜天。」爸爸也這樣自言自語。這個家裡，每時每刻都離不開金鎖，金鎖是爺爺和爸爸活著的意義、活著的樂趣。他們兩個，即使哪裡不舒服，也忍著，盡量不讓金鎖知道。

現在，家裡吃喝已經不是問題，村裡人給予的救助讓金鎖能夠渡過眼前的難關了。而且，那個好心的「雨辰」，月月都匯來一千五百塊錢給金鎖，金鎖一分沒動，全部存起來，以備後患。畢竟，爺爺年歲大了，爸爸是個病人。

眼下面臨的問題是怎麼耕種旱龍道，再不下種，就錯過季節了。

第五章

見識旱龍道

週六終於到了。爺爺起了個大早，煮了高粱米飯，做的乾白菜，金鎖用煤氣罐炸了雞蛋醬。所謂雞蛋醬，只放了一個雞蛋，攪拌稀碎，影影綽綽看見零星如飯粒大的雞蛋塊。

全家人吃得飽飽的，早早收拾完畢，金鎖牽出小毛驢套車。別的孩子還不知道套車是怎麼回事，可金鎖已經做得熟練，窮人的孩子早當家，金鎖一般的農事都能做得起來了。

金鎖幫助爺爺一樣一樣把相關農具拿到車上去，破破爛爛裝了一車。農家的東西就是這樣繁瑣，金鎖覺得好笑又好玩，好像重新認識了這些東西。每個東西各有各的位置，各有各的用處，缺什麼都不行。

以前，這些東西司空見慣，不知道做什麼用，現在金鎖對這些瞭若指掌，運用自如。

所謂的知識，原來是無窮無盡啊，不僅僅是書本上的，知識是五花八門、各式各樣的。比如建築行業的、金融行業的、網路行業的、宇宙的、探險的……金鎖被震撼到了，世界上的知識太多太多，永遠都不能全部知道、全部掌握啊，怪不得趙大伯總說這句話——活到老學到老，這句話細細品味真是經典。

就說眼前的種地，外人一想多麼簡單的事，把種子埋進土裡不就完成了嗎？其實，哪裡是這麼簡單的事，真正操作起來，才知道農業知識廣闊無邊，農業這個詞是大概念。

關於耕種，有機械的、現代的、笨重的、原始的。關於田間管理，有什麼品種適合什麼土壤，什麼植物什麼時間播種，好繁瑣、好複雜的知識啊。

金鎖被播種震撼到了，一切遠比想像的複雜多了。

他佩服起爸爸爺爺，佩服村裡這些祖祖輩輩在土地上勞作的人。

第五章

農民真了不起。

金鎖因為喜歡看書，腦袋靈活，想事情想得多，滿腹好奇心讓金鎖的小眼睛亮晶晶的。

自從金鎖的個子超過爺爺，有些事爺爺就放手交給他了，比如趕車。金鎖坐在毛驢車上，舉著紅纓鞭子，出了院子。

爸爸正趴在窗台上望著，滿眼焦急的神色，金鎖舉起手朝爸爸打了個手勢，爸爸在窗前緩緩伸出手。

爺爺坐在右邊的車邊上，指揮著，享受著。

「停車，停車。」還沒走幾步，爺爺趕忙讓金鎖停車。

金鎖忙喊一聲「吁——」，毛驢特別聰明，穩穩停住了。

「什麼事？」金鎖望著車裡，感覺不缺什麼東西了。

「你快往家跑，鎬頭忘拿了。種旱龍道不拿鎬頭，這地還能種？」

金鎖跳下車往家跑，心想：至於嗎？

把旱龍道看得這麼神祕，不就是一片山坡地嘛。但他嘴上不敢說出來，畢竟，旱龍道是他抓到手的。這個時候，西邊天際有一片黑雲，把清亮的藍天一點一點覆蓋吞噬，幾隻燕子如閃電從腳下嗖地躥過去。

「燕子低飛，有雨將隨。看西邊，上來黑雲了。春雨貴如油，不下不強求，老天爺，成全成全吧，種完地再下。」爺爺擔心的望著遠方。好不容易盼來禮拜天，金鎖在家，老天爺可別把好日子攪和了啊，爺爺祈禱著。

金鎖望著西邊黑乎乎的雲層，越來越近了，這樣的天氣讓金鎖產生幻想，萬惡的舊社會，恐怖的戰爭年代，就是這樣的吧。想到現在有飯吃，有衣服穿，平安又快樂，未來那麼美好，金鎖高興起來，打了一個響亮的口哨。

「老天成全成全吧，再有十天半個月種不上，就晚了。」爺爺望著漸漸陰下來的天空，一臉愁苦，瞪了一眼傻乎乎的金鎖。到底是個孩子，沒想到這事。今天再種不上，再等一個星期，種什麼都晚了。時令不等人啊。

這是決定了種穀子，在五月裡播種，而苞米早在四月初就播種完畢，已經扎根冒芽了，生長期就長達一百三十五天呢。

小毛驢拉著爺孫倆，上了西坡，伸直四蹄，呼呼喘氣。金鎖跳下車，拽著車邊，跟毛驢一起用力。爺爺坐在後面拿著木棍敲打毛驢屁股。

到了自己家地頭，舉目一看，旱龍道荒涼一片，地上堆著石頭堆，這是多少年來，人們種地種出來的石頭。上一年不知道誰家種的苞米，殘留的苞米稈只有拇指粗細，像沒發育好的窮孩子，弱弱的、細細的，可以想像，這樣的秸稈能結多大的棒子呢？整片

第五章

地，連苞米皮子都沒有，看來上一年是絕收了。

爺爺看著西邊慢慢移動過來的黑雲，猶猶豫豫卸了車，把犁杖扛到地上，又把驢套擺好。金鎖牽著毛驢，毛驢很乖，知道這又是一年當中最艱苦最勞累的時刻，逃不掉躲不過，只能自覺站在驢套中間。

種穀子是三個人的工作，一個在前面扶犁杖，一個跟著犁杖後面下種，一個在種子上面撒糞。金鎖和爺爺兩個人做，進度不快。

爺爺扶著犁杖耕到底，把犁停下，再返回來撒糞。

金鎖只管拎著葫蘆頭點種。爺爺不時囑咐著，不要敲得太快、太重，也不要走太急，種子才能均勻撒進地裡。

金鎖第一次做這樣的農事，由於緊張，只有三四斤重的葫蘆頭，拎著好像有百斤重，整個左手腕酸麻酸麻的，兩隻鞋沾滿黃黏土，抬不動腳，但金鎖不認輸，咬牙堅持著。

就這樣來回重複著勞作，復蘇的大地很柔軟。種了十多條壟，小毛驢累得喘氣，鼻孔又粗又大，發出沉悶的聲音，汗水順著驢的大腿淌下來。「認拉千斤載，不拉一寸土啊。種地是毛驢最累的工作。」爺爺總是說出一些農家諺語，金鎖以前不太注意，現在，爺爺說什麼話，金鎖都用心琢磨一下，每句諺語都那麼切合實際，這是流傳下來的寶貴經驗啊。

小毛驢用力往前走，不用哄不用攆，因為地上有青草。爺爺舉著鞭子虛張聲勢「吁吁」、「喔喔」，表面上好像為毛驢打氣，實際上把毛驢嚇了一跳，悶頭往前走，一步不停，很順利種了四五條壟。

金鎖暗想：所謂旱龍道也沒什麼呀，哪裡像人們說的那樣不好。剛剛耕種過的土地，特別軟。這麼一大片土地，雖然在山坡頂上，還算平整，哪裡像人們說的那麼糟糕。

金鎖剛這樣想，「嘎嘣」一聲脆響，驗證了旱龍道的與眾不同。隨著一聲響，毛驢轟然跌倒，翻了一個跟頭，爺爺被拉得一個踉蹌，手一抖，犁杖被甩到一邊，差一點就掃到爺爺的大腿。爺爺驚恐喊一聲：「完了！」

但見兩邊驢套全部掙斷，毛驢瞬間起來之後，竟然與爺爺相對而立。爺爺彎腰查看，整個器具碎了四五塊。

「完了，這旱龍道，真敗家。」

「怎麼會這樣呢？怎麼了？」金鎖驚魂未定，不知道發生了什麼事。

「怎麼的了？碰上臥牛石了吧，要不怎麼說旱龍道沒人願意要呢。」

金鎖無語，甘願倒楣。爺爺氣得摔了犁杖，臉色鐵青，一屁股坐在地上，爺爺愁苦

第五章

的樣子金鎖不敢看。金鎖心裡上不著天下不落地的，好像一堆濕柴，乾冒煙不起火，難受死了。

爺爺佝僂的背影、又髒又破的衣服，看著好可憐。爺爺已經七十八歲高齡，卻不能頤養天年，享受清閒的生活。

「把鎬拿來。」

金鎖把鎬頭交給爺爺，爺爺掄起大鎬，開始刨剛才的地方。地下是一塊大石頭，村裡人叫地下的大石頭「臥牛」。

爺爺刨了一會，臉上汗水橫流，後脊背的衣服有一片濕濕的印記。金鎖搶過爺爺手裡的鎬頭，開始接著刨。他把四外的浮土扒開，一塊有菜板大的黃石頭露出地面來。

爺爺和金鎖輪換著刨，看樣子真的是遇上臥牛石了。種地遇上臥牛石，是最讓人崩潰的事。不僅危險，容易崩壞器具，掙壞犁杖，還有的倔強的毛驢，用力過猛而累壞身子。「上一年誰家種的，這麼大的石頭怎麼沒有種出來?」金鎖非常疑惑。

「種得那麼淺，能種出什麼來?都知道旱龍道石頭多，誰都加小心!是我大意了，犁杖放深了。」爺爺後悔的說。

金鎖一直在琢磨，旱龍道怎麼會這樣呢?「哇，太神奇了，爺爺你說說，旱龍道究竟是怎麼回事?」

「去去，一邊去，還有閒心扯這個，趕緊把石頭摳出來。」

金鎖又有個心願了，晚上去趙大伯家，趙大伯見多識廣，一定知道旱龍道是怎麼回事兒。

爺孫倆費了好多工夫，輪番上陣，鑿井一樣，終於把大石頭從地裡摳了出來。他們用鎬撬，用小石頭墊，費了九牛二虎之力，才把這塊大石頭起出來，挪到一邊。這時，雲層已經漫過頭頂，細密的雨滴飄灑下來，金鎖的頭髮開始往下淌水，後背也濕透了。

「趕緊到車上收拾東西。這天氣，不成全人吶。」

爺爺愁苦的嘮叨。金鎖幫爺爺套車，往車上扔著。他回頭看看，折騰了一大早晨，夠累了，才耕種十多條壟。時間都浪費在這塊大石頭上了。望著這麼大一片山坡地，金鎖也愁容滿面了。

此時此刻，金鎖渾身濕透，鞋子沾滿泥巴，抬不起腿來了。這樣的天氣把人氣得發瘋，即便是成績再好的學生，多麼優秀，多麼有孝心，怎麼能叫陰雲散去，把太陽喊出來，給自己一個晴朗朗的好天氣啊，只有神仙才能完成這樣的事吧。

金鎖懊喪的噘起嘴巴。真是煩透了，他希望永遠沒有禮拜天才好。爺爺套好車，剛想往家走，抬頭看看天，一陣風吹來，把雲層吹薄了，雨點也稀了。爺爺扶著毛驢猶豫豫不知所措，回家怕不下雨，耽誤事；不回家又怕下雨，春雨涼，容易得風寒。特別

第五章

是懷孕的小毛驢，爺爺心疼得比自己的命都金貴。爺爺坐在車上看著天空，無計可施。

「爺，我回家去拿點水，渴了。順便到林曉美家，她家有電視，問問天氣預報怎麼說的。」

「快去快回。」金鎖飛快下了山坡，爺爺趁著這工夫去搬那塊大石頭，必須得挪出來，在地裡太礙事。當金鎖滿頭大汗跑回來的時候，爺爺正捂著腳丫子在那齜牙咧嘴呢。畢竟沒有那麼大的力氣，石頭把腳砸了，腳面上被石頭碾壓出鮮紅的血肉來，爺爺往上撒點兒土面兒，一堆殷紅的血泥堆在腳面上。

「爺，我們回家吧。」金鎖實在不想讓爺爺再受這個罪了。

「沒事兒，離心遠著呢。天氣預報怎麼說？」爺爺咕嘟咕嘟喝著涼水。

「小雨轉多雲，沒大雨。」爺爺一瘸一拐在地裡走了幾個來回，不時抬頭看看灰濛濛的天際。金鎖拿一根樹條子來回拍打著一窩螞蟻，發出劈裡啪啦的響動。螞蟻打不死，四下逃竄，金鎖蹲下來細看，哈哈笑著。他總能找到好玩的事來。

爺爺瞪著他，少不更事啊。

「卸車，接著種，豁出來了。」爺爺下了決心，如果今天不種，就得等到下個星期了。

金鎖和爺爺又重新開始卸車，套上犁杖。天上的雨絲仍然下著，大地變了顏色，清新的泥土味道讓人舒服，大地沙沙響聲一片，此時金鎖渾身冰冷，直打哆嗦。他站在原地跳高，腳底下踩踏出一個平面來。

毛驢在前拉犁，爺爺一瘸一拐地扶著犁杖，金鎖拎著葫蘆頭，犁鏵在泥土裡前行，發出哐啷啷的聲音，那是鐵犁鏵與石頭摩擦碰撞的聲音，好像天上滾動的春雷。發現苗頭不好，爺爺及時抬起犁杖，讓毛驢放慢腳步。

耕種了一會兒，爺爺回頭一看耕種過的土地，嘿嘿嘿笑個不停。

「爺，你笑什麼玩意兒呢？」

「唉，扶了一輩子犁杖，這還叫壟嗎，趕上長蟲吃雞蛋了，曲裡拐彎的，這是二八月莊稼人。」

「爺，什麼叫二八月莊稼人？」

「二八月莊稼人兒，就是指不會種地的人吧。二、三月不該種地他種地，八月不該秋收他秋收。不按農時，這不就是二八月莊稼人嘛。」

「爺爺可不是二八月莊稼人，爺爺是合格的老農民呢。把地種歪了，這根本就不賴爺爺嘛。」金鎖討好著爺爺說。

爺爺脫下外衣，擰著，一股黑湯順著手指流下來。「懶得洗衣服，老天也幫我們洗了。」

爺爺的樂觀打退了金鎖的消沉，金鎖也脫下衣服擰。再回頭看自己的勞動成果，真就應了爺爺的話：「眼睛是壞蛋，手是好漢。」不知不覺，旱龍道種了一半了。照著這個進度，明天能種完。

看見希望，金鎖又打了一個長長的口哨。

這個時候，雲層變得稀薄了，雨停了。身上的衣服開始溻乾，又被汗水打透。他們剛才感覺涼颼颼的，現在又熱烘烘的了。

天漸漸黑下來的時候，西部天際出現了一抹紅霞，把整個山坡都染紅了。樹木葉子格外青翠，到處是清香的甜絲絲的味道。

玉蘭來啦

從山坡上下來，已經是萬家燈火了。金鎖站在車頂上往遠處望著，東邊一片燈火，那裡是全國著名的排山樓金礦。西邊一片燈海，影影綽綽，那裡是礦區。北邊更是燈火輝煌，那是阜城，是金家店每一個人都嚮往的地方。逢年過節，有錢的人家就去城裡趕集，買高級衣服，買村裡沒有的美食。

望著遠處的燈火，金鎖又是一陣感慨，非常感動，金鎖發現，美好的事情那麼多。

當金鎖趕著毛驢車進了院子，他和爺爺都在院子裡聞到了一股奇特的香味，怎麼會呢？爸爸也不能起來燒火做飯啊！

屋裡燈火通明，熱氣騰騰，金鎖搶先幾下子跑進屋裡查看。

只見燈影裡，一個窈窕的瘦小的身影在忙碌著，水缸蓋上，放著一簾精巧別致的餃子，一圈套一圈，擺放得均勻。鍋裡，正燒著水，水已經翻開，熱氣好像一棵大樹鋪散開來。

「你們回來啦？快洗手吃飯，洗臉盆裡有熱水。」

金鎖心跳加快，狂喜不已，原來是玉蘭來了！

爺爺在門口一看沒什麼大事，才放心，他以為爸爸在家亂鼓搗弄失火了呢。

「孩子，你是怎麼來的？」爺爺關切問道。

「爺爺，我是跑著來的。」

「這麼遠，你跑來的？」金鎖控制不住內心的激動，盯著玉蘭問。

「也不太遠啊，比我去外婆家近多了。我去外婆家，得走半天呢，到這才兩個小時。」

「到底是小孩子，腿腳輕。」爸爸也滿臉喜悅看著玉蘭。

「看，爺爺，我買了蛋糕給您，還有香腸呢。」玉蘭從箱子蓋上拿出幾個塑膠袋，打

第五章

開，露出了金鎖時刻想吃的好東西。

「好孩子，你能來這個窮家看看就挺好了，還花錢幹什麼。」

金鎖又驚又喜，家裡有了女孩子，好像天使降臨人間。看吧，屋裡屋外收拾得煥然一新，乾乾淨淨，還包了餃子，金鎖覺得自己有八年沒吃過餃子了。地上的洗衣盆裡堆著衣服，已經洗完擰好，要不是天氣不好，早就晾晒到外面去了。

爺爺卸完車，安置好毛驢，滿臉喜悅進屋來。玉蘭穿著一件花衣服，好像飛進來一隻蝴蝶，屋裡屋外飄動，淡淡的香氣彌漫著，感覺燈光都格外明亮了。屋裡變得溫馨美好起來。

「家裡有個女孩，就是風水寶地啊。」爺爺喜滋滋看著玉蘭，羨慕的說。

金鎖看了玉蘭一眼，玉蘭羞澀的笑了。

爺爺放桌子，撿碗筷，金鎖和玉蘭在廚房裡忙著煮餃子。金鎖有一個錯覺，這種錯覺在夢裡曾經出現過，那就是媽媽在家的樣子。眼前的情景和夢中的情景太吻合了，金鎖激動得想哭。

「想什麼呢？快端餃子到屋裡。」玉蘭看著金鎖下命令。

金鎖忽然感覺思維有些遲鈍，笨手笨腳的了。玉蘭帶來一把韭菜，家裡有現成的雞蛋，有白麵。

玉蘭手巧，餃子做得不大不小，餃子皮不薄不厚，軟硬正合口，挺好吃，唯一的缺點，就是餃子餡有點鹹，鹽放多了。金鎖照樣倒了半碗醬油，連連說「不鹹不鹹」，一口一個吃得有點嚇人，原來餃子這麼好吃。

爺爺邊吃邊誇：「坐著不如倒著，好吃不如餃子啊。」

爸爸邊吃邊和玉蘭打聽家裡的情況，玉蘭只輕描淡寫說：「爸，沒事，都好好的，不用惦記。」

金鎖聽見玉蘭管自己的爸爸叫爸爸，沒有了當初爸爸被剝奪的感覺，相反，玉蘭這麼叫，他感覺和玉蘭很親，心裡充盈著感動，玉蘭真像個親親的小姐姐。全家人熱氣騰騰吃了一頓香香的餃子，吃完了餃子，開始喝餃子湯，爺爺說這是「原湯化原食」。盛了一湯匙喝光，又盛了一湯匙又喝光了，每個人都喝成了大肚蟈蟈，直打飽嗝。玉蘭不好意思的抿嘴笑了。事實證明，大家都渴了，那麼鹹能不喝水嗎？玉蘭暗暗發誓，再放鹽可得小心了。

爺爺不知道從哪裡掏出來一把乾杏核，說：「這是甜核，一直沒拿出來吃，你們倆鑿開吃吧。」

「還有好吃的呢，爺你太能留了。」金鎖驚喜拿來夾錘，拿了一塊磚頭，放在地上，「哐當」一下子，把乾杏核鑿得稀碎。

第五章

「哪有這麼蹩的？」爺爺從金鎖手裡奪過夾錘，一錘子下去，杏核兩半，一個心形的飽滿的杏仁完好無損被撿了出來。

爺爺把杏仁遞給玉蘭，玉蘭接過，忙說：「謝謝爺爺。」

玉蘭吃杏仁，吃得非常文靜、非常文雅，金鎖暗中瞧著，以為玉蘭會嫌髒。只見玉蘭用潔白細嫩的小手捏著杏仁，放在門齒上細細咬，那麼個小小的杏仁，玉蘭竟然吃了好幾口，吃得有模有樣的。金鎖就不這樣吃，自己在一邊用老虎鉗子夾，夾出一個往嘴裡扔一個，有時候七八個一起扔嘴裡。

喝完了餃子湯，吃完了杏仁，該睡覺了。金鎖傻眼了。

家裡除了金鎖蓋的一床被子像個被子的樣子，其他被子又髒又破，特別是爺爺的被子，兩邊黑又亮，已經看不出花色。這可怎麼辦好？金鎖愁得一塌糊塗。可爺爺和爸爸仍然說笑著，根本就不考慮這件事。都是大傻瓜，金鎖鄙視的看著他們。

突然，金鎖想出一個好辦法，這個辦法讓金鎖一拍大腿，激動起來。

「哇，我太聰明了。」金鎖揚起臉控制不住誇自己。

「沒看見自己誇自己還這麼起勁的，怎麼又聰明了？」玉蘭瞪著好看的大眼睛看著金鎖，金鎖知道自己失了口，笑眯眯的小眼睛剩下一條縫。

「我去趟大伯家住，我有點事。」金鎖猶猶豫豫想不出合適的詞來說這件事。

總不至於說為了騰被子給玉蘭吧，那可太丟人了。

「上人家去幹什麼?又不是沒有地方住。」爺爺第一個反對。

金鎖瞥了爺爺一眼，人老了真這麼傻嗎?

「老趙頭多傲氣，他願意搭理鎖兒，還把腳踏車給鎖兒騎，說明我們鎖兒有人喜歡。」

爸爸的話讓金鎖很享受，金鎖倒了水給爸爸，轉過身，又倒了水給爺爺和玉蘭。

「我走了，明天早晨回來。」金鎖在地上來回走動，一圈又一圈。

「我也跟你去。」玉蘭也站起身。

金鎖一下子慌了：「那可不行，那老頭可……可……可狠呢。」金鎖想了半天想不出什麼合適的詞來。

「哪兒也別去，都在家吧。玉蘭好不容易來的，你走什麼。」爺爺真是死腦筋，不想事情。

金鎖氣壞了，把爺爺直接拉到外面，趴在爺爺耳邊對爺爺低吼：「你讓玉蘭蓋什麼呀?」

「啊?這件事我沒想，那你去吧。」爺爺妥協了，知道自家的情況。金鎖走了，他的被子正好給玉蘭蓋。

第五章

金鎖連屋都沒進，直接撒丫子跑了。

玉蘭早就察覺出來了，坐在床上有些傷心，是自己的魯莽拜訪，讓金鎖為難了。

第六章

旱龍道真相

頂著月色，金鎖朝趙大伯家走去，心一直咚咚咚跳著，想著剛剛發生的一切，感覺有點尷尬，又夾雜著幸福和甜蜜。

初春的夜晚，空氣涼颼颼的，單衣受不了，金鎖連蹦帶跳，惹得一路狗叫聲。山上的丁香花開得正絢爛，空氣裡滿是甜絲絲的味道。樹上的喜鵲窩在夜晚顯得黑漆漆一團，有些嚇人。路邊的雜樹棵子也黑漆漆的，好像裡面藏著什麼，金鎖有些害怕。有一種山鳥叫起來很特別，說不上是哭還是笑，一串一串的。平時聽見這種叫聲，金鎖嚇得往屋裡鑽，可今天聽見不害怕了。

到了趙大伯家門口，大伯拉了窗簾，裡面燈光亮著，想必大伯一定在看書。金鎖來到大門口，大伯家的小狗盡職盡責汪汪叫起來。金鎖忙閃進牆邊躲起來。恰巧有個木頭，金鎖坐下去，靠著牆，閉上眼睛。他總是控制不住自己，把今晚的一幕在眼前過了一遍又一遍。

這是真的嗎?玉蘭來了!

金鎖盡量讓自己不想這件事，可就是不爭氣，總是想著玉蘭，這個小姐姐怎麼這麼讓人難忘，讓人喜歡。金鎖好想拉著玉蘭的手，跑到山上去看丁香花，可金鎖不敢，怕

第六章

被人看見，說他閒話呢。

班級裡就發生了這樣的事。班長李揚帶林曉美一起去小河裡抓了一次魚，大家就起哄，說他們倆談戀愛。

金鎖可不敢犯這樣的錯誤。可是，金鎖就是想著玉蘭。這是他心裡唯一的祕密，唯一讓他感到快樂、感到神祕的事。

不知過了多久，金鎖信馬由韁想得差不多了，月亮爬到高壓線上，被分割開來。此時萬籟俱寂，只有草棵裡有小蟲發出細弱的叫聲。金鎖勞累一天有些累，站起身來準備敲門。

多喝的餃子湯很快穿過胃腸，想要從另一個管道出來，金鎖拐進一旁去解手，水注澆在牆角下，嘩嘩的水聲招惹趙大伯家的小狗叫起來。

大伯撩起窗簾，推開窗戶，朝小狗吆喝：「去，去。咬什麼？」

金鎖及時拍了兩下大鐵門。「誰呀？」

「大伯，是我，金鎖。」

如果是別人，趙大伯肯定會說：「睡了，有什麼事明天再說。」因為是金鎖，趙大伯立即穿鞋下地，點亮門燈，為金鎖開門。

金鎖進了趙大伯的屋裡，床中間已經鋪好了一床花被子。那被子棗紅色的布料，金色的牡丹花，碧綠的葉子，非常鮮豔，被頭包裹一層潔白的棉布。大伯太乾淨了。

「金鎖，你有事吧？」

「我想在你家住，我家來客人了。沒有……被蓋。」金鎖對趙大伯從來不撒謊。

「好，那太好了。」

趙大伯一聽金鎖住在這裡，樂得滿臉放光，臉上的皺紋笑成一個一個括弧，把嘴巴括起來。他忙打開立櫃，抱出一套乾淨整潔的被褥來，鋪在大伯被子旁邊。他又拿出一個布老虎，高度正好適合睡覺枕著。金鎖把布老虎枕頭抱在懷裡，看著它誇張的圓眼睛和鬍子，特別是像人一樣濃重的眉毛，怎麼看怎麼像趙大伯，金鎖無聲笑了。

「你笑什麼？是不是這個老虎枕頭像我呀？」趙大伯一語中的。金鎖這回控制不住哈哈笑了。趙大伯也笑，笑得跟個孩子似的。

「洗腳嗎金鎖？暖壺裡有熱水。」

「不洗腳了，這麼晚了，睡覺吧，打擾大伯了，對不起啊。」

「跟我還客氣什麼，洗腳解乏，工作一天了。」大伯說著，裝來洗腳水給金鎖，放在一個小木凳上。

金鎖猶豫的脫了襪子，儘管慢慢脫下，可襪子不爭氣的塵土飛揚，腳丫縫隙裡全是土。金鎖忙把腳丫子和襪子放進水盆裡。

第六章

大伯在一邊看了看，找來剪刀。「洗完把腳指甲剪了，那麼長，襪子都穿透了。」金鎖洗腳，趙大伯脫了鞋坐在床上，拿來餅乾、大棗、瓜子等零食。這是預備給金鎖的。

金鎖洗完了腳，在床邊剪指甲，手腳一起剪，洗完腳後，感覺渾身輕鬆，好像卸去千斤載。再看看那盆洗腳水，金鎖不好意思的笑了。大伯逗他：「這盆水能上一畝地了。」

「大伯，旱龍道是怎麼回事？看上去和其他土地沒什麼區別呀，為什麼都不愛要呢？」

「躺被窩裡吧，聽我跟你細說。」

大伯倒了洗腳水給金鎖，用毛巾擦了床，用拖布擦了水磨石地面，關好屋門，把鞋子很規矩並排擺在腳底下。可不像金鎖，兩腳一蹬，鞋子東一隻西一隻的，在地上東倒西歪四仰八叉的，好像潰敗的士兵。

趙大伯鑽進被窩，關燈之後，大伯立即拉開窗簾，明晃晃的月光照射進來，床上的花被子成了黑白花的了。

金鎖躺在暖烘烘的被窩裡望著窗外，滿天繁星一顆比一顆亮，似乎伸手可得。不知道玉蘭睡在床頭還是床尾？金鎖的被子也不是乾淨的，只是比爺爺的強一些。玉蘭會不會嫌棄呀，明天的旱龍道能不能種完呀，玉蘭明天是上午回去還是下午回去呢？金鎖瞪著眼睛，思緒飄呀飄的，越想越清醒，睡意全消了。

大伯終於開口說正事了。金鎖收回千頭萬緒，耐心聽著。

「旱龍道啊，那是獨特的地下沙石道。在很早以前，上億上萬年前，我們這地方是一片大海，海底下發生了變化，地殼發生裂變、海底板塊互相撞擊之後，形成了山脈。你看南大山，那岩石裡還有小魚化石呢，也有珊瑚化石，那是海底世界。海水四外漫延開去，形成了山坡地、窪地、丘陵。我們這裡是典型的丘陵地帶。」

金鎖的思維緊緊跟著大伯的描述，想像著遠古那震撼的場面，想像著大自然的威力，想起南山尖上裸露的青灰色岩石，如水泥灌漿一般結實，把各式各樣的石塊黏連在一起。大自然太神奇了。

「因為海水的沖刷作用，泥土、沙石的分布按照水流的走向形成了一道獨特的沙石嶺。泥土層五十公分以下，全是沙石，這種沙叫火沙，它們是曲線分布的，是兩邊對流衝擊的，這就是旱龍道的形成。旱龍道上面的浮土層薄，是多少年植物腐爛一點一點積攢出來的，也被年年的雨水沖刷，所以旱龍道漏水漏糞。雨水漫過土層，到了底下沙石那早就滲透到底下去了。下多大的雨都白扯，所以旱龍道不禁旱。好年頭，連雨天不斷，旱龍道才能收點糧食。」

金鎖瞪著小眼睛望著窗外，天上的星星在閃爍，金鎖一點兒困意都沒有，今天真是長了知識，大地上還有這些說道呢。

「大伯，我再問你個事兒吧，可以嗎？」

「可以呀，你問。」大伯伸出手照金鎖的腦瓜子愛憐的擰了一下。

爺爺的心結

趙大伯越來越喜歡金鎖，金鎖能打開他的話匣子，讓他能夠敞開心扉跟金鎖談一談。人與人的默契是一種感覺，這與年齡無關，這種愉快別人無法體驗。

金鎖依賴趙大伯，趙大伯也喜歡與金鎖在一起聊天，別看人小，兩人話語特別投機。金鎖就是一棵向上生長的小樹苗，老趙盡自己微薄之力澆水施肥，讓這棵樹苗盡量長成有用之才。

「大伯，你別生氣啊，我總覺得，我爺爺你們倆好像有彆扭，你們打過架嗎？」

金鎖終於鼓起勇氣說出了憋在心裡好久的話。

金鎖知道，他能從大伯這裡知道真相。而爺爺除了罵人，根本就不提他們之間究竟發生了什麼。

「哈哈，老料頭兒有意思，我知道，他一直記恨我。唉，都是年輕時候的事啊。」

看來，趙大伯一直想跟金鎖說這些，只不過是沒有找到合適的機會。金鎖想到這一層，覺得大伯不會為金鎖剛才的問題感到尷尬，或者多想。

「我正想告訴告訴你，你爺爺為什麼記恨我。」

金鎖的心，呼啦落到肚子裡，正如自己所料。

想到這裡金鎖無聲笑了，可別說出爺爺的那句「據我所料」啊，那又成了笑話了。但他與趙大伯之間的默契，總是讓金鎖心裡為之一動。

金鎖把被子往下拽了拽，生怕遮擋了耳朵聽不清。他特別想知道爺爺為什麼那麼討厭趙大伯，而金鎖偏偏又特別喜歡趙大伯。

「你爺爺比我還小一歲呢，按照輩分，我還得管你爺爺叫小叔呢。」

「年輕的時候，我們倆是最好的朋友，幾乎形影不離。那個時候，我家窮啊，不如你爺爺過得舒坦。那時你家生活條件在村裡是數一數二的。你太爺有個手藝，就是箍瓦盆。他能箍出最大也能箍出最小的瓦盆來。瓦盆用紅泥箍成，放在窯裡燒熟燒透，外面薰一層黑灰，一敲脆響，可結實了。」

「你太爺推著手推車，車裡一堆一堆的瓦盆，走街串巷，滿大街響著你太爺的公鴨嗓——瓦盆嘞……」

第六章

「哇，我家祖宗這麼厲害啊？那麼說，我家不是貧困的人家呢。」金鎖自豪起來，儘管那是很遙遠的事了，可金鎖聽起來特別激動。

潔白的月光照在趙大伯的臉上，發著光澤，他濃重的眉毛顯得眼睛很深很黑。趙大伯總是有著難以接近的冷傲的氣質，村裡人都這麼說，連玩笑都不敢跟他開。他跟金鎖走得這樣近，金家店人很不理解，甚至嫉妒呢。

「那個時候，我家兄弟七個，我是老四。老四最倒楣了。上面有三個哥管著，下面有三個弟弟我還得讓著。我在中間是受氣包。就說吃飯吧，老大老二得先吃，他們吃飽了去做事；小弟弟們也得先吃，吃飽了不哭。唯獨我在中間餓著，飽不飽沒人在乎。穿衣服更糟糕，老大穿完老二穿，老二穿完老三穿，輪到我穿的時候，褲子露屁股，鞋子露腳趾頭。下面的小弟弟不能再接著穿了，就買新的。」

金鎖捂著嘴偷偷笑。趙大伯太好玩了。

「有一年地震，全家人都往外跑，我爸看見了老大老二，又看見了老六老七，以為都跑出去了。等地震過去，進屋一看，我自己在屋裡睡得正香。」

「有一年徵兵，我和你爺都報名了。後來村裡只能給一個名額。你太爺死活不讓你爺爺去，因為你家好幾代是單傳，他走了，家裡的工作沒有人做。你太爺暗地裡跟人家鎮上說話，你爺就沒去上。這件事，他一直以為是我暗中使壞，我也懶得跟他解釋。你太爺早早去世了，這件事就爛在肚子了。我再解釋也沒用，因為沒有證人。這是你爺爺記恨我的原因之一。」

金鎖暗暗發笑，爺爺原來還有這些故事呢，這麼小心眼。

「那個時候全村都困難，我們這山區糧食不多。南山窪唯一的好地，除去交公糧的，每家每戶只分一百斤苞米，連喝米湯都不夠。」

「那時我當隊長，都聽我的。我命令在南山窪栽地瓜、栽馬鈴薯。就因為這件事，你爺把我告的，罪名就是禍害良田。當時好多村民也不理解我，好地不種糧食，種地瓜、馬鈴薯這些沒用的，這不是胡扯嗎？」

「在你爺爺的鼓動下，我被免職了，不讓我當隊長了。到了秋天，所有金家店人幡然醒悟啊，在那個全國挨餓的時候，我的一個決定，救活了一村百姓。地瓜、馬鈴薯不能交公糧，你看吧，家家地瓜、馬鈴薯分一堆。房頂上、牆頭上、井台邊，到處是地瓜乾兒。別的村挨餓的時候，我們金家店到處飄著地瓜的香味。你爺爺咬著死理，還是跟我對著幹。村民們不讓了，直接把你爺爺捆起來打一頓，這仇，就這麼結下來了。你爺爺總是認為是我指使人打的，我當時都不知道這件事。你爺爺一根筋的人，始終轉不過彎來。」

「我又被選上當了隊長。做了兩年我就考上了大學，教書育人了。為這事，你爺爺又氣壞了，見了我躲得遠遠的，這些年，就這樣一直不搭理我。你想想，哪裡是什麼抱孩子扔井的冤仇？按理說，我應該不搭理你爺爺才對，可偏偏是人家不搭理我，見我躲得遠遠的。」

金鎖聽入迷了，原來老一輩人有這麼多豐富的故事呢。

金鎖終於知道了爺爺的內心世界。爺爺對趙大伯其實也不是現在流行的「羨慕嫉妒恨」，而是爺爺自卑。

同是在一起長大的朋友，一個在天一個在地，爺爺的自尊把自己封閉了。

忽然，趙大伯仰著脖子發出了鼾聲，畢竟，大伯年歲大了。

這時，外面有了一絲亮色，又一個黎明到來啦。

玉蘭哭了

第二天，天氣晴好，沒有一絲風，這樣的天氣適合種穀子。如果風大，會把穀種刮到壟幫上。小苗出來可就熱鬧了：要麼裡外都是苗，要麼跟倆同學鬧彆扭似的離得遠遠的，中間沒有一棵苗。

金鎖一夜無眠，第一次這樣清清楚楚的失眠，想了好多好多的事。天亮的時候來了困意，他呼呼睡著了。趙大伯搖晃他好一陣兒才把金鎖叫醒。

「大鎖子，起來吧，今天你家還要種地呢。」

金鎖忽然想起玉蘭，家裡還有客人呢。金鎖立刻坐起來，穿衣下地，被也不疊了，臉也不洗了，開門就往家跑。趙大伯一把拉住了他。大伯打開冰箱，拿出一袋收拾好的帶魚，一塊凍肉，還有一兜綠豆芽。「拿回家去吧。」

金鎖猶豫一下，想起玉蘭，接過來說聲「謝了」，嗖嗖跑出了趙大伯的院子。跑到家門口，見家裡大煙小氣，熱氣騰騰，金鎖的心裡又沸騰起來。

金鎖進屋，發現桌上滿滿一盆麵條。桌子上的碗裡，有炸好的鹹菜滷。玉蘭像個小主婦，腰裡紮著髒兮兮的圍裙，屋裡屋外忙著。

「哇，做麵條了！」金鎖樂得一蹦高，儘管麵條不是什麼好東西，可金鎖和爺爺很少吃這個。

全家人圍在一起吃麵條，金鎖發現玉蘭吃得特別文靜，不聲不響沒什麼動靜，不像金鎖，吃得稀哩嘩啦。金鎖奇怪，平時最厭煩的鹹菜，經過玉蘭的加工，這麼好吃。

金鎖端起碗，用筷子夾著，看看碗裡，讚嘆道：「這麵條好啊，你看，有麵條，有麵團，有麵塊，還有麵片。怎麼做出來的呢，太巧啦。」金鎖為自己獨特的幽默風趣的誇獎詞有些沾沾自喜，看看玉蘭，不料玉蘭兩腮通紅，眼睛也紅了，終於放下筷子跑到

第六章

外面，嚶嚶嚶哭起來。

金鎖愣住了，也沒說她什麼話呀？「吃飯也堵不住你嘴。」爺爺摔了筷子。

「怎麼還學甩嘴皮了呢，快向玉蘭道歉去。」爸爸訓斥金鎖。

「我也沒說什麼啊，我還奇怪，她怎麼哭了？」

「快去，把玉蘭拉屋裡來。」爺爺吼起來。金鎖感覺很委屈，砰的一聲摔下碗筷，到外面一看，玉蘭趴在牆上哭得挺厲害。

「女人真是麻煩。」金鎖心裡這麼想，把玉蘭也歸到林曉美、玉梅的行列裡去了。

「對不起啊，我哪句話說錯了？我也沒說你做得不好吃呀！我可喜歡吃你做的麵條了。」

金鎖的心怦怦直跳，不知道用什麼話安慰玉蘭。她嬌小的身軀，潔白細膩的胳膊，讓金鎖不敢伸出手去拉她，好像這是一個瓷娃娃，一碰就會摔碎了一樣。

「我是生我自己的氣，挺好的麵讓我糟蹋了。又是麵條，又是麵塊，又是麵片的，這是麵條嗎？說出去丟死人了。」玉蘭繼續抹著眼淚，小手濕漉漉的。

金鎖明白了，不知道說什麼好了。

爺爺走過來，拉起玉蘭：「孩子，你這麼小，會做麵條，這就不錯了。我們祖孫倆生活這些年，從來沒有吃過麵條，所以金鎖那話不是笑話你，這我敢打賭。」

金鎖看了爺爺一眼，覺得爺爺今天特別善解人意。玉蘭又重新坐在飯桌上，爸爸吃完，抹著嘴巴說：「吃得好飽。肚裡熱乎乎的。」

玉蘭夾起麵條，一個麵團不爭氣的黏在麵條上蕩秋千，金鎖假裝看不見，扭過頭去。

玉蘭自己控制不住自己，撲哧一聲笑起來，最後竟然笑得吃不了飯，爸爸也笑了，爺爺也嘿嘿笑。

「金鎖，跟我去套車。」金鎖跟爺爺去套車，回頭朝玉蘭做了個鬼臉兒。

玉蘭也伸出舌頭瞪著眼睛，回應他個鬼臉兒。

太陽明晃晃掛在東山頂上，金鎖和爺爺趕著毛驢車又上了西坡。他們發現有個毛驢拴在那裡，旁邊放著一堆繩套。

正是趙大伯牽著毛驢扛著繩套走過來，不亞於天兵天將降臨人間。

趙大伯來到犁杖跟前，閉著嘴巴，也不跟爺爺說話，開始把倆毛驢套在一起。兩個毛驢在一起被趙大伯擺弄得服服貼貼。

毛驢也很狡猾，誰心疼牠，捨不得打牠，牠就敢欺負誰，看見生人，老實又聽話。

趙大伯扶犁杖，這回爺爺點種，點種比撒糞輕快點。這回不用停犁杖了，兩個毛驢拉犁特別快。趙大伯非常有經驗，把犁杖放到最淺，犁杖前邊纏繞好多榆樹梢擰成

第六章

的繩子，這樣把浮土分開，種出來的地回頭一看，筆直一趟，看起來壟溝挺深，這樣能存住水。

人多力量大，旱龍道馬上就完成了，一直發愁的爺爺這回終於露出了笑容。兩個老頭始終不說話，偶爾彼此還偷偷看一眼，從他們的表情看得出來，倆人都很快樂。

走到坡底的時候，趙大伯要下車，說把毛驢牽回家去餵。爺爺把臉拉下來，想都沒想，拍了驢屁股一下。小毛驢奔家心切，放開蹄子，小車匡噹匡噹顛起來，直接把趙大伯拉家來了。

一進院子，晾衣繩上掛著洗好的乾乾淨淨的被子、衣服、毛巾。牆頭的矮柵欄上，掛著襪子、手套、抹布等。滿院子飄蕩著洗衣皂的香味。可以想像，玉蘭在家沒閒著，忙了一上午。

玉蘭見金鎖他們回來，站在門口笑盈盈喊：「開飯啦！」

這清脆的甜甜的一嗓子，讓所有勞累的人減去許多疲憊。

金鎖看見玉蘭的瞬間，哈哈笑彎了腰，玉蘭莫名其妙，不知道又做錯了什麼。

「你去照鏡子吧。」

「哪裡有鏡子？」

金鎖忙跑進屋裡打開書包，掏出一個小小的方形鏡片來，邊緣用粉紅色塑膠鑲嵌著。

「你臭美，還有小鏡子呢。」

「不是買的，是撿的。」金鎖辯解著，頭一次說謊，臉上頓時火燒火燎的。那是他花了一塊錢在超市裡買的。

玉蘭接過一照，也笑彎了腰，好像長了小鬍子，那是蹭的灰塵。

趙大伯幫助爺爺篩草、拌料。兩個毛驢拴在一起，吃得很香。

金鎖從園子裡挖了一些野菜，放在牆頭上，他知道趙大伯喜歡吃野菜。他抬頭看看晾晒的衣服，發現自己上學穿的一身衣服玉蘭也洗了。金鎖十分輕鬆，晚上不用自己洗了，明天可以穿著乾淨的、乾爽的衣服上學了。

玉蘭如果經常在家裡多好啊。「快進屋吃飯，今天我們吃個現成飯嘍！」爺爺終於打開了話匣子，高興得大黃牙全暴露出來。

一盆麵條已經煮好，桌子上擺好碗筷。金鎖低頭故意睜大眼睛瞧著桌上。有一碗蒜醬，並排擺著四個菜：煎帶魚、炒豆芽、雞蛋炒大蔥，還有一盤香腸，一大瓶可口可樂。一看就知道是玉蘭自己花錢去超市買的。

爸爸的臉和手乾乾淨淨，顯然玉蘭也幫爸爸清洗過了。

第六章

趙大伯把爸爸的輪椅推到飯桌前。「吃飯吃飯，邊吃邊聊。吃完飯金鎖不用上山了，你去送玉蘭，明天就是星期一，都得上學呢。」趙大伯安排著。

金鎖非常感激，非常滿意，也非常激動，想著他騎著腳踏車帶著玉蘭從村裡經過，金鎖又嚮往又害怕。萬一碰上其他同學，同學們造謠生事怎麼辦？

這回玉蘭做的麵條非常好，麵條一根是一根，清爽有嚼勁，特別好吃。玉蘭滿臉自豪。趙大伯夾起一筷子填進嘴裡，也不住誇獎這麵條擀得好。

盤子裡有一塊最大最好、火候最佳的帶魚，爺爺夾起來放進趙大伯碗裡。

「別給我，我成天吃，不缺。」大伯夾起帶魚放進金鎖碗裡。

金鎖早饞了，夾起的瞬間真想放嘴裡。金鎖猶豫一下，最後把這塊魚夾進玉蘭的碗裡，畢竟人家是客人嘛。

玉蘭夾起帶魚，放進爸爸的碗裡，大家都笑了。

「我就不好意思再夾給誰了。」爸爸自卑的端著碗躲著，把輪椅挪到一邊去了。

「最近忙，也沒顧得上幫我爸多鍛煉。忙完了我得多幫我爸了。」金鎖愧疚的看了爸爸一眼。但這句話讓爸爸多吃了一碗麵條。

吃完午飯，爺爺讓毛驢飲了水，叫趙大伯回家去歇息一會兒。大伯看了看牆上的石英鐘說：「工作趕早不趕晚，趁著好天氣，早點種完好放心。喝點水就出發。」

「金鎖，你去送玉蘭，快去快回，別貪黑。」

送玉蘭回家

金鎖巴不得早點聽到這個命令，忙跑出屋，把腳踏車推出來，拿來乾淨毛巾，蘸點水把後座擦了又擦。又打了氣，兩個車帶被他打得鼓鼓的。一切都準備好了。他回頭看看屋裡，可玉蘭好像不著急似的，就是不出來。

玉蘭終於穿戴好出來了。可她頭也不回跑起來，身輕如燕，幾分鐘就跑出了金家店，拐上了大路。金鎖騎著車當然追得快，追上後腿一叉開，車子停在玉蘭身邊。「上來呀，現在沒人看見了。」金鎖叫她。

「我不要你帶，你回家吧。」玉蘭兩個臉蛋通紅，看上去特別美。

玉蘭不讓金鎖帶，這也在金鎖的預料之中，可是這樣掉頭回家，爺爺和爸爸肯定會說他廢物。

金鎖看著玉蘭跑遠的背影，無奈直搖頭。他在心裡幻想了無數次怎麼帶著玉蘭，玉蘭扶著他的腰，或者拽著他的衣服，擔心害怕碰上同學，讓這些人看見可了不得。

最近學校裡關於談戀愛的事傳得沸沸揚揚，誰和誰在一起了、誰買禮物給誰了，說

第六章

的和真的一樣。金鎖聽見這些非常興奮，也感覺害羞，這種事，可千萬別發生在自己身上，一旦被人這麼說，就標上了「不學好」的標籤，被老師「請」到辦公室「教育」。

金鎖猶豫了一下，進退兩難，內心裡特別希望帶著玉蘭，可又不敢，而眼下是，玉蘭根本不讓他帶。

「你在前面轉彎那等我吧。」玉蘭想了想說。

「好！」金鎖心領神會，馬上知道了玉蘭的意思。

拐了彎，山梁就擋住了金家店所有的人家。

金鎖幾分鐘就到了轉彎處，等啊等啊，等得心急如焚，感覺好像等了一年。

忽然，金鎖又騎車回來了，迎上玉蘭。「怎麼不在那等著？」

「你騎車，我走著。」

玉蘭毫不客氣接過腳踏車，翻身上去，好像一隻輕快的燕子，嗖地飛走了。

金鎖在後面猛跑，跑得上氣不接下氣。玉蘭剛拐過彎，金鎖很快就追上來了。

「上來，我帶你。」玉蘭沒有下車，一隻腳踩著腳踏板，一隻腳著地，樣子酷極了。

金鎖來了興致，壯著膽子，右腿一抬就直接騎在後座上。兩隻手沒地方放，最後放在自己的後背上，倒背著手。

金鎖的眼前是玉蘭的花外衣，清秀單薄的脊背因為騎車而左右輕輕擺動，女孩子真是太好看了。金鎖此時無比驕傲，內心裡升騰起一股神聖的力量。他第一次感覺到，這個世界上因為有了女孩子而多麼美好啊。

前面是上坡，玉蘭有些把握不住，腳踏車好像醉漢，左右搖擺，在土路上畫龍。

「你怎麼這麼沉啊？吃多少啊？」玉蘭喘氣粗重了。帶個男同學比想像的難多了，沒想到金鎖太沉了。

「還是我帶你吧。」金鎖下來了。

「我才不讓你帶。」玉蘭說完，用力朝前騎去。金鎖在後面又開始猛追。

玉蘭漸漸遠去，金鎖已經看不見她的背影了，金鎖一會兒猛跑，一會兒慢跑，一會兒大步走。

當金鎖追上玉蘭，確切的說，是追上了腳踏車，玉蘭已經獨自跑下山去。金鎖明白，玉蘭不讓他再往前送了。下了坡，就到玉蘭的家了。

金鎖把腳踏車調轉方向，回頭又看了玉蘭一眼，這個獨特的善良的小姐姐，已經剩下小小的背影，越來越遠，越來越遠，最後消失在金色的晚霞裡。

金鎖站在原地，靠著腳踏車，低著頭，想了好久好久。金鎖發現低頭沉思想事情，這是最幸福最愜意的事。身邊有輛摩托飛馳而過，金鎖推著腳踏車走，他要享受這一路的快樂時光，難得的清淨時光。已經是深春，樹木的葉子墨綠墨綠的，青山青翠，大地

第六章

剛剛耕種過，一道道的壟溝壟台新翻耕的暗紅色在夕陽的照射下分外好看。金鎖呼吸著清新的空氣，感覺有些沉醉了。

此時，太陽把他和腳踏車的影子拉得好長，趙大伯和爺爺在做什麼呢？晚上家裡吃什麼？

金鎖猛然冒出一個念頭：爸爸是不是還憋著尿？金鎖翻身跨上腳踏車，飛一樣往家趕。

第七章

爸爸站起來了

自從在趙大伯家住了一晚上，金鎖開始迷戀趙大伯家，趙大伯家好像有一股魔力吸引著金鎖。三天兩頭，他找個理由就來住一晚，和趙大伯掏心掏肺說話，而且總是有話說。

小時候趙大伯講故事、講童話給金鎖聽。現在不講那些了，現在開始講人生，講理想，講素質，講格局。兩人一聊就聊到半夜，兩人互相交流探討，話題比以前更深刻了。

趙大伯眼看著金鎖在長大，一天比一天出息。趙大伯非常欣慰，最起碼，金鎖沒有走歪路，沒有耽誤學業，也有了正確的人生觀、世界觀。這些，足以彌補老料的不幸了吧。

爺爺不反對金鎖去趙大伯家了。畢竟，趙大伯德高望重，難得他能看上金鎖。其實，是爺爺骨子裡的自卑讓爺爺封閉了自己，他自以為是認為，趙大伯有錢有地位，兩人再也不是當初一條線上的朋友了。趙大伯對他怎麼好，爺爺都認為是表面的、裝的。因為貧窮讓爺爺自卑，因為自卑而變得生硬，因為生硬而心胸狹隘。現在，爺爺已經認識到自己的錯誤了。

第七章

「爺爺，你想想吧，我趙大伯可以不搭理你——憑什麼搭理你呀？你窮，你不幸，也不是人家把你弄的。當初趙大伯下令種地瓜，你想想，這個決定多英明啊，我都崇拜死他了。如果你當初擁護他，維護他，不整他，不告他，你想，你也會成為村裡最受人尊敬的人。做人不應該太自私，不能太自以為是。做人就應該——」

「得了，你學好學乖就行了，我都快進棺材的人了，跟我計較什麼？」

「你欠趙大伯一個道歉！」

「我不欠他！」

「你永遠欠他的！你欠人家的太多太多了。」

「他跟你說的？讓他來吧，我向他磕頭。叔叔向侄子磕頭。折壽去吧。」

「你蠻不講理，你又臭又硬，你、你、你煩死人了。」金鎖跟爺爺打嘴仗，氣得不知道怎麼跟爺爺理論才好了。

金鎖摔了門，匡噹一聲，氣得坐在牆上不進屋。山風吹來，渾身清爽，望著巍峨的大山，金鎖心潮起伏，幸虧認識到了這一點，如果和爺爺一樣愚昧下去，自我封閉，那是多麼悲哀的人生。

爺爺趴在門框上看金鎖氣得冒煙，倒是高興了，這小子有脾氣了，知道耍了，好。

爺爺佩服起金鎖來，那麼高傲的老趙，竟然讓孫子拿下了。爺爺永遠也理解不透金鎖和老趙的境界，覺得自己的大孫子很能耐呢。

種完地之後，金鎖和趙大伯一起上了南山，尋找了好久，終於找到兩棵不粗不細的苦溜秵子。這東西韌，耐折，鋸斷扛回家來，扒了皮，磨得溜光錚亮。一邊彎成一個弧度，再用火烤，用鐵絲擰緊。金鎖又拆了一件破棉襖，把那個弧度纏繞起來，爸爸用起來會綿軟一些。在中間處，趙大伯用鉚釘做了一個把手，好像犁杖後邊的把手。這樣，一副拐杖就做好了。

種完了地，金鎖不上山了，有時間幫助爸爸鍛煉。開始爸爸很不配合，有些自暴自棄，甚至囉哩叭嗦的罵人，那種鑽心的疼痛讓虛弱的爸爸難以忍受，胳肢窩磨得青紫一片，臉上的汗珠一個跟著一個往下滾落，金鎖看了也心疼爸爸。

「爸爸，我希望你堅強一些，有一天能站起來。我們家不用你工作，你就在那小路上走走，在人群跟大家聊天就好，那多好啊。等我考上大學那一天，你還得去送我呢。人家都有父母陪著上大學，我沒有，我多失望呀。」

這招好用，爸爸咬牙堅持鍛煉。

爸爸被金鎖鼓勵著，有了力氣。他齜牙咧嘴站起來，拐杖架著胳肢窩，一條腿直打哆嗦。好在有金鎖，胳膊粗力氣大，架著爸爸在屋裡來回走動，走累了就靠牆站一會兒。

第七章

這樣堅持了一個月，奇蹟出現了，爸爸竟然能獨自站起來了，那樣子，像個剛剛會走路的幼兒。

又堅持了一個月，爸爸竟然能走幾步了，儘管走得小心翼翼，走得東倒西歪，走成了蠢笨的企鵝的樣子，但是，堅強的爸爸在摔了幾個跟頭之後，腳步終於站穩了。左腿不好用，走路好像在畫圈，繞來繞去，有時候還把這條腿忘了，爸爸就用手拽著褲子往前挪。

爸爸終於憑藉兩個拐杖自己慢慢走出屋去，在樹蔭下跟人說話了。爸爸擺脫了尿壺，生活能夠自理，把金鎖和爺爺解放啦。

療養加上藥物治療，堅持鍛煉，慢慢的，爸爸走路竟然跟正常人差不多了。頑強的毅力終於讓爸爸站立起來，只是不能再喝酒，不能過度勞累，不能生氣，不能上火。

天氣漸漸炎熱起來，所有植物瘋了一樣生長，只為秋天那個豐碩的果實。開花是為了結子，所有的花朵最終以飽滿的果實奉獻給這個世界。車前子一串一串的，馬蓮花結出青綠色如小小黃瓜樣的嫩夾，低窪耐旱的地方，苞米已經拔節了，大田莊稼有半人高，整個大地蔥綠一片。

家家門口的步登高、芨芨草、掃帚梅、芍藥等，開得擠擠挨挨，分外絢麗。蝴蝶蜜蜂整日在花叢間飛舞，平時對這些連看都不看一眼的爸爸，站在花朵前欣賞半天。

想到兒子，金鎖就是這花開正好的年紀啊。爸爸感嘆著，這場大病，讓他知道親情和家庭的溫暖，這輩子最值得驕傲的，就是有個懂事的好兒子。如果自己再頹廢下去，怎麼對得起孩子呢。

最近，金鎖不愛騎車了，甚至故意延長走路的時間。他把腳踏車又放回到趙大伯家，除非有什麼急事才用腳踏車。

金鎖喜歡自己慢慢走路的感覺。腦子裡的事情越來越多，越來越大，甚至涉及足球和太空英雄。

不知道從哪一天開始的，金鎖的嗓音變了，說話嗡嗡的，嗓子憨憨的，是小夥子的聲音了，脫離了孩童的尖聲細氣。金鎖從大門口走進院子來，爺爺和爸爸有時會認不出來，以為家裡來了客人呢。

自從爸爸能在屋裡屋外活動開始，爸爸總不閒著。他那隻好胳膊總是握著鋤頭，一點一點的，把院子內外的雜草除個精光。爸爸不知道從哪裡挖來花種子，牆角栽了好多。花兒長得快，很快就一大團，開得特別鮮豔。門口一堆樹枝，那是爺爺上山順便扛回來的，爸爸坐下來一根一根全部折斷成一尺多長，往屋拿柴的時候就方便了，不用折，直接填進灶坑裡。

爸爸總想找點事情做，成為一個有用的人。而事實上，爸爸也確實是幫了不少忙。

比如看家、掃地，把進院子裡的別人家的豬雞什麼的趕跑。

爸爸能把米淘好，放在電鍋裡，插上電源，爺爺工作回來，飯已經燜好了，爺爺只需要做點菜就行了。全家人坐在一起吃飯，都誇獎爸爸燜的飯好吃，儘管那飯要麼水少硌牙，要麼水多成了乾粥。

爸爸望著鍋裡的「傑作」，笑得像個孩子。金鎖也控制不住笑了。

「餓不死就行吧，吃飽就好。比過去吃樹皮不強多了。」爺爺總是拿出他的老一套說法。

金鎖懷疑爺爺的味蕾，是不是好壞飯菜分不出來呀？「爺爺，你吃一口肉和吃一口野菜沒什麼區別吧？」

「我吃什麼都行，沒挑。」爺爺低垂著眼皮，無欲無求的樣子。

「目前我們家的食物，追求的是能吃就好，而不是追求的好吃就好。」金鎖總結著。這句話爺爺聽成繞口令，分不出什麼來。

家裡充滿了希望。希望母雞多下蛋，希望毛驢早下駒兒，希望肥豬長得更肥。希望老天下一場雨，希望旱龍道的穀子能長高抽穗。希望金鎖快快長大。

有一天，爺爺在飯桌上愁眉苦臉：「旱龍道，完了。」

金鎖的心咯噔一下，決定哪天去旱龍道看看。

金鎖爬上一棵大樹

金鎖家的地最乾淨，爺爺幾乎天天在地裡做事，伺候小苗。地表面的石頭被爺爺撿了，堆成了小山。亂草棵子也被爺爺刨了，收拾得乾乾淨淨。爺爺在這片貧瘠的土地上，揮灑了太多太多的汗水。

金鎖跑到西坡，打量這片土地，這一看金鎖心涼半截，也傻了眼，一腔悲哀襲上心頭。他在筆下無數次讚美歌頌過的大地，竟然這麼滄桑。

連續一個半月沒有下雨了，玉米苗的根部開始黃葉，離地面一尺多，幾乎全是乾枯的葉子，點火就能著。如果繼續乾旱下去，又絕收了。

金鎖走到自家的地，穀子灰突突的，打著綹兒，只有大腿高。偶爾有幾株高大的穀子秧苗，好像鶴立雞群，已經拔出穗子了，那是土層厚的地方。

金鎖在地裡走了一個來回，這麼一大片穀子，已經乾得一碰就斷了。金鎖拔下一把，根須被滾熱的沙石燙得早就失去了水分，此時，即便是下一場大雨，也不能挽回小苗的生命了。

金鎖一屁股坐在穀子地中間，乾脆平躺下去，望著頭上清麗麗的藍天，抓起一把乾嘩嘩的泥土，憤恨朝四外揚去。想起春天種地時的艱難情景，金鎖心裡莫名煩躁。他的心裡從來沒有過愁事，可現在，看見這些即將枯死的莊稼，金鎖難受了，因為這片地，付出了爺爺太多太多的汗水，也寄予了爺爺太多太多的希望。

金鎖知道了種地的艱難。金鎖憂傷看著這片穀子，才知道作為莊稼人的命運。爺爺長在嘴上的「見苗三分收」，這句話正被現實擊碎。苗出來了，也長起來了，可不一定收到三分年成的糧食啊。

金鎖記得小時候，和村裡的朋友去河邊洗澡、抓泥鰍，在河裡洗衣服、洗菜、刷鞋。可現在，小河乾枯了，整個河套白花花一片，再也沒有昔日那潺潺的流水聲了，好幾年沒有聽見過雨後蛙聲了。

金鎖望著旱龍道這片地，眉頭深鎖。儘管趙大伯講了關於旱龍道的形成和生長的情況，還是讓金鎖有些難以接受。

有一棵高大的小葉楊，因為不礙事，爺爺始終沒有砍伐掉。留著這棵大樹，種地累了的時候，可以歇陰涼，在樹下拴個牲口什麼的。有人多次讓爺爺把這棵樹放掉，最低能賣兩千五百塊錢，爺爺抬頭望了望高高的樹梢，搖了搖頭。因為樹梢的枝丫間，有兩個碩大的喜鵲窩。一窩喜鵲雛已經羽翼豐滿，在枯燥的旱龍道上空盤旋，好像旱龍道能有什麼大喜事一樣。

金鎖穿過穀子地，站在樹下，發現這棵樹很容易攀上去。金鎖來個起步跳躍，像個猴子一樣黏在樹上。樹根底下比較粗，金鎖抱著大樹有些用力，試著往上攀爬，爬到十公尺之後輕鬆多了。上面樹幹細了些，越來越高，枝丫濃密，從來沒有被砍伐過。有落腳的地方，手上也有抓的枝條，金鎖很輕鬆爬到樹頂上去了。

抬頭望去，喜鵲窩近在眼前。這麼近距離觀賞喜鵲窩還是頭一次。喜鵲窩很大，亂糟糟的一大團，這麼多樹枝，一次只能叼一根，來來往往得叼多少次啊，喜鵲建窩原來是個龐大的工程。

金鎖抬頭細看，別看外表毛糙，仔細一看，竟然像爺爺編織的柳條筐一樣錯落有致，枝條彼此間壓實、穿插，這些全憑喜鵲的嘴巴完成。金鎖對喜鵲肅然起敬。喜鵲也是高級建築師呀。

趙大伯說過，根據喜鵲窩的開口方向，能判斷出今年的天氣，就知道什麼方向的風多雨多。

鳥兒的先見之明，簡直是個謎團。金鎖找好一個穩固的位置依靠好，開始舉目四望，

站得高看得遠，金家店幾戶居民盡收眼底，這和站在山頂上往下看還有所不同。

金鎖站的位置正好面對東邊，金鎖在樹頂上仔細尋找了一陣子，也沒有發現哪裡比較特殊。東邊有一片林子裡有白蘑菇，那是只有趙大伯才能撿到的。金鎖判斷著哪裡有

溝坎，哪裡有低窪，哪裡有泉水，幾乎沒有金鎖沒到過的地方。

趙大伯從東邊撿回白蘑菇，簡直是個謎。

金鎖看完了東山，才把身子小心轉向旱龍道，這一看，金鎖被旱龍道震住了。

金鎖看見了旱龍道

金鎖又試探著往高爬了幾步，伸手能摸到喜鵲窩了。幾隻喜鵲以為金鎖要攻擊牠們的老窩，圍著樹尖上下翻飛，叫聲淒厲，一聲接著一聲。

金鎖有些害怕，這些喜鵲如果有個頭領，一聲令下：「啄他！」那金鎖就死定了，或者從樹尖上掉下來，摔個半死。

慶幸的是，喜鵲想不到群起而攻之，牠們集體驚恐的樣子讓金鎖很心疼牠們。他想起那些下網捕鳥的人，真是可惡。

金鎖來了靈感，「想不到」是所有動物的通病，金鎖為自己獨特的發現沾沾自喜。

假如圈裡的小豬站起來跳個舞，左三圈右三圈，小尾巴一甩一甩唱起豬哼哼，肯定登上世界舞台，成為豬冠軍，獲得豬界諾貝爾獎，就不會被人宰殺啦。

金鎖被自己的想法逗笑了。

金鎖趴在高高的樹尖上，雙手緊緊抱住樹幹，樹大招風，儘管風不大，金鎖也感覺到輕微的晃動，忽忽悠悠，往下一看驚出一身冷汗。

當金鎖往下俯視，他完全被震撼到了，到今天才真正見識旱龍道，知道旱龍道的真面目了。

只見整個西坡，一條由東北方向過來，一直朝西南方向延伸，一條寬度四五十公尺的黃色「巨龍」，蜿蜒而去。金鎖在樹上追蹤巨龍的方向，發現這條巨龍從河邊一直到南邊的山梁，仍然清晰可見，直到下坡，看不見為止。這太可怕太奇妙了。

金鎖對藍天好奇，對大海好奇，對高山好奇，這亙古而龐大的自然界，總是讓金鎖產生無盡的幻想。

而今天，面對人人害怕討厭的旱龍道，金鎖算開了眼，金鎖感到自己的語言太貧乏了，難以描繪這旱龍道的神奇。

現在，在金鎖的心裡，不因為自己家的這點土地位居旱龍道中心而難過，相反，金鎖覺得旱龍道非常神祕。

如果有個照相機就好了，旱龍道獨特的景觀肯定多數人沒有見過，或者說，沒有見過這麼全的。誰也沒有像金鎖這樣爬上大樹，居高臨下看得清楚。

這條巨龍是怎麼形成的？那是無數的綠色植物的生命枯死發黃而形成的。這是一條獨特的巨龍。凡是在巨龍的範圍之內，無論是莊稼、雜草、樹木，完全枯萎，葉子發黃，而且比其他植物矮了一截。

這些莊稼、各種雜草以集體「滅亡」的方式而形成的這條巨龍，讓金鎖的心裡有了悲壯的感覺。在其他碧綠莊稼的襯托下，旱龍道更加壯觀。

可憐的莊稼，它們聽了誰的指引，必須以生命做代價，以集體「自殺」的方式，形成了這條巨龍？高大的樹都枯萎死了，空曠一片，枯樹被拾柴的人掰下幹杈子，從根部冒出來的新枝條，今年又枯死了。

如果不是爬上這棵大樹，金鎖對旱龍道的認識只限於人們的描述裡，不知道怎麼回事，根本看不出來什麼。

只有乾旱少雨的夏季，旱龍道才顯現出來。地底下是個神奇的世界，是人們無法掌控的。旱龍道，讓莊稼以龍的姿勢死亡，以龍的形式在大地上出現。

金鎖家的土地，恰巧是旱龍道的全部，所有穀子全部旱死，乾枯一片，只有邊邊角角，有幾棵穀子綠油油的，拉齊了穗子，也許夠喝粥的。

金鎖居高臨下看著，為這條巨龍而驚奇，為枯死的莊稼而悲哀，這真是讓人無能為力的事。金鎖抱緊大樹，心裡感到透心涼了。

儘管旱龍道如此壯觀，滿足了金鎖的好奇心，可深深的失望讓金鎖渾身無力。想起春天抽籤的時候，人人臉上掛著擔憂，唯恐抓到旱龍道，現在終於知道抓到旱龍道的無奈了。

馬上就進入秋天，看著別人往家拉糧食，金鎖家裡沒有收入了，金鎖擔心爺爺和爸爸上火，發出了一個與他年齡不符的長長的哀嘆。

旱龍道有人來了

金鎖開始小心往下滑，爺爺有句話「上山容易下山難」，看來這句話也適合用在爬樹上，金鎖嚇得不知道邁哪條腿。

開始不怎麼用力，腳下有踩處。可越往下越光滑，樹幹越粗，踩住的枝杈距離越來越遠，稍不留神就會摔下來。距離地面還有一房多高，金鎖不敢鬆手，樹幹太粗，又不敢下滑，腳丫子實在是沒有踩的地方了。金鎖後悔死了，怎麼想起來爬樹了呢？他渾身已經濕透，手腳越來越沒力氣，慢慢的，大腿發抖，雙手實在握不住樹幹了。

金鎖只好又爬到樹頂上去，只有往上爬才輕鬆，樹尖上有站腳的地方。

剛剛放鬆警惕的喜鵲們，又集體圍著樹梢上下盤旋，叫得更激烈，金鎖看了牠們一眼，大喝一聲：「呼——」喜鵲們嚇得呼啦全飛了。

第七章

金鎖找好牢靠位置，挑選較粗的樹杈坐下來，算不上坐，屬於半蹲半坐，兩手死死抓住枝幹，手心裡出汗太多，抓著樹枝滑溜溜的，心裡揪得一緊一緊。

金鎖不敢移開眼珠，盯著道路上，希望有個人影出現。雜草叢生的山間小路，今天連個小狗都沒有。金鎖從濃密的葉子縫隙中抬頭望著頭頂上的太陽，眼看要中午，如果沒人發現他，晚上爺爺以為他在趙大伯家，那他今晚死定了。

現在，金鎖大腿酸軟，胳膊麻木，坐在樹杈上搖搖欲墜，隨時有掉下來的危險。已近正午，太陽最毒辣的時候，樹葉遮不住的地方，他被晒得生疼，整個西坡除了飛鳥偶爾飛過，整個大地如此的平靜，連蟲子的鳴叫都沒有，旱得都死掉了。

莊稼灰突突的，人們絕望了，很少有人來西坡看地，金鎖急得眼睛都瞪疼了。小眼睛是不是變成大眼睛了呢？

金鎖是一個腦子閒不住的人，此時此刻也控制不住他的各種幻想，天上地下、河流山脈、學校家裡，毫無頭緒，亂想一陣。

但有一點金鎖明白，他來旱龍道看穀子，他擔心穀子歉收。這片地是他親手抽籤抓來的。這是金鎖作為農民的孩子參與的最大的農事。現在看是最失敗的事。這片倒楣的旱龍道永遠屬於金鎖家的了，杜超說：「一竿子到底，三十年不變。」

旱龍道三十年不變，簡直要了命了！金鎖又想起了《瓦爾登湖》裡的句子：

「我看見年輕的，我的鄰居，不幸的是他們生下來就繼承了田地、廬舍、穀倉、牛羊和農具；不幸的是得到它們倒是容易，要擺脫它們的束縛卻困難得多。……在這樣的環境中，是誰使他們變成了土地的奴隸呢？為什麼有人能夠享受六十英畝田地的供養，而更多人卻命中註定了只能在塵土中啄食？」

金鎖記得這句話，因為趙大伯把這句話用紅筆在底下打了橫線，金鎖反覆看了幾遍，覺得這個外國人好厲害，感覺他寫到骨子裡去了。

金鎖一走神，鬆了一下手，身體向後歪了一下，金鎖瞬間頭皮發炸，一身冷汗。在胡思亂想間，金鎖忘了自己是在危險的樹尖上。

太陽已經從頭頂往西斜了下去，不再刺眼。旁邊的樹葉遮擋了陽光，高空的風綿裡藏針。那股熱汗蒸發後，金鎖控制不住打了一個驚天動地的噴嚏，鼻子有了水流的感覺，要感冒？遠處葵花已經綻開笑臉，金黃一片。

人家一定會打下很多瓜子，炒一鍋，沏點茶水，嘎巴嘎巴一嗑，滿嘴香。種什麼都比種穀子強，金鎖懊惱的想。

金鎖決定，過幾天，一定跟隨趙大伯去東山撿蘑菇，採摘山棗，擼丁香葉子，如果能撿到白蘑菇就更好了。他要把旱龍道的損失補回來，盡量不讓爺爺太上火。

突然，金鎖腳面一陣鑽心的刺癢，低頭一看，一只褐色螞蟻，正在他的腳面上撅著

第七章

屁股叮得起勁。這小東西也是能耐了，這麼高的樹，牠得爬多久才爬到這裡？牠一定是餓了。人有時候不如一隻小螞蟻有本事，別看螞蟻小，人家也能上大樹，而且來去自如，即便是把牠捏起來拋向空中，掉在地上也摔不死。

金鎖不敢鬆手去撓，把腳丫子背過去在樹上蹭，這下更倒楣，把鞋子蹭下去了，啪嗒掉在樹根下，鞋底朝天。

金鎖懊惱得不行，氣得頭腦發脹，渾身熱血沸騰，男子漢的氣概湧遍全身，有什麼大不了的？不就一個死嗎？十三年後的今天，我還是這麼大。這是他在一本書裡看見的話，此時用在自己身上了。這樣為自己打氣，他的恐懼消失許多。

金鎖欠起身，開始下滑，沒有鞋的那隻腳反而更穩的踏著樹幹，可下到一半又不敢了，樹幹好像眨眼間變得更加粗大起來，金鎖抱著不敢下滑一寸。如果樹底下沒有石頭堆、亂山棗刺等雜物，金鎖敢跳下來，可那些雜物太危險了。金鎖只好又爬上樹尖，幾個回合一折騰，金鎖精疲力竭，全身哆嗦了。

金鎖再也控制不住，眼淚劈哩啪啦掉下來。就在金鎖在樹上哭哭咧咧的時候，從坡底上來四五個人。他們穿著一樣的衣服，肥肥大大的，頭上戴著黃色安全帽，手裡拿著器具，在金鎖家的地上支起了三腳架，有兩個人肩上扛著器具直接從穀子地裡走過來。

他們一邊走一邊拔下一把穀子，低頭看著揉搓著，說著什麼。他們的步子穩健，帶著灑脫的氣質，說說笑笑的。

金鎖樂壞了，在心裡歡呼，救兵來了！「叔叔，叔叔，求求你們，快來救我！」金鎖拿著樹枝，朝底下的人揮舞著。

「你這小鬼，怎麼爬到樹頂上去啦？」有一個大個子，聽見金鎖的喊叫走過來。樹上怎麼會有個孩子？其他人也跟著過來。金鎖聽見大個子說話的口音很特別，明顯是外地人，金鎖不知道那裡人說什麼樣的方言，但肯定不是當地人。

「怎麼回四（事）？」大個子仰頭朝金鎖喊。

「叔叔快救我，我下不去了。」金鎖又哭了。

大個子開始爬樹，他可太厲害了，爬樹好像走平地一樣快，幾下子爬到金鎖腳下。金鎖在心裡說：「真厲害，是有練過的。」

但說出口來的話是這樣的：「叔叔您太厲害了。謝謝您。」

「你這小鬼，嘴挺甜。」大個子又爬了幾下，和金鎖平齊。金鎖心裡納悶，他上來，可怎麼施救呢，萬一失手兩個人都摔下去可怎麼辦？

那幾個人也走過來，站在樹底下仰頭看著。他們嘻嘻哈哈指點著，他們說話南腔北調的，各種口音都有。

大個子又往上爬了一些，轉到金鎖的身後，把金鎖圈起來，環在自己的胸前，金鎖

第七章

本能挪動身子。「小鬼，你不要動。」大個子命令著，金鎖老實不動。大個子找好位置，終於在金鎖的後面停下，「你不要動不要動。」大個子說著，從金鎖的襠下把頭伸進來，金鎖嚇得「媽呀」一聲往後仰，以為真的完了，大個子一把拽過金鎖的胳膊。

「抱住我的頭！」金鎖聽話的牢牢地騎在大個子的脖頸上，雙手抱住了他的腦袋。

金鎖又出了一身冷汗。這個動作曾經讓金鎖羡慕過。那是很小很小的時候，他看見同齡的孩子被父親這樣舉著，坐在父親的脖頸，兩隻手被父親握著，兩條腿耷拉在父親的胸前，在大街上美美的溜達。金鎖從來沒有享受過這種待遇。「那是我小時候，常坐在父親肩頭……」金鎖從來不唱這首歌，因為他沒坐過父親的肩頭。

金鎖感動著，坐在陌生叔叔的肩頭上，屁股底下溫軟厚實，陌生人的體溫瞬間傳遍金鎖的全身。金鎖膽戰心驚從後面抱著他的腦袋，兩隻腳夾緊他的胸膛，金鎖整個人好像焊接在了大個子身上。金鎖聞到濃重的汗味，還有一股洗衣液清新的味道。

大個子扛著金鎖，慢慢從大樹上下來，快到底部的時候，他往後一蹦，穩實落在地上，金鎖大頭朝下從大個子的腦頂上折過來，大個子的手瞬間接住，來個公主抱。

「哈哈，小子得救了。趕緊回家，叫你媽媽做好吃的給我們。」有人逗金鎖，大家劈哩啪啦鼓起掌來。

金鎖哭了，是激動哭了，哭咳嗽了。他鼻涕眼淚一起下，前衣襟都濕了。

「你這小孩，人家救了你，你不感謝，還怕去你家吃飯，是不是沒法跟媽媽交代啊，你別哭了，我們不去你家吃飯了。哈哈哈。」另一個叔叔逗著金鎖。金鎖感激的看著他們，什麼話都說不出來，就想哭。

他們根本就不知道，哪有媽媽做飯給他們啊？

他們又開始忙去了，從東到西，從南到北，測量著，打開黑色的本子，記錄著什麼，沒人再逗金鎖了。

金鎖趁著人們不注意，擦擦鼻涕，繞道回家了。他可不想讓村裡人看見自己這副德性。

神祕的白蘑菇

秋天到了，金家店進入忙碌狀態，漫山遍野的樹木經過秋霜浸染，色彩繽紛。山榆樹的葉子淺黃，梨樹的葉子大紅大紫，野草野蒿子看上去比春天還要繁華絢麗。

種南山窪的農戶喜獲豐收，大車小輛往家拉苞米，種旱龍道的人家，不在地裡浪費時間，抓緊時間進山，採摘山貨。

星期日，爺爺早早催促金鎖起來上山，趁著丁香葉子沒有脫落，多摘一些。晾晒乾

第七章

了之後，有人來收購，說是用它做苦茶。一袋子乾乾的丁香葉子，能賣三十塊錢呢。又紅又大的家棗不值錢，五角錢沒人要。又小又酸的山棗，最高達到四塊錢一斤，收購山棗的人很多，聽說用山棗做藥材，做棗茶。

秋高氣爽，便於山貨晾晒，人們都開始行動了。金鎖到了山上，見什麼要什麼。丁香葉子、山棗、蘑菇、馬蜂窩、螳螂子，凡是能夠賣錢的東西，通通往家拉。他腰間別個小鎬頭，碰上柴胡、遠志、桔梗等藥材也刨回來，這個時候，家家戶戶沒有閒人。

「三春不如一秋忙啊。」

「秋天彎彎腰，夠春天跑一遭。」

爺爺又說起他的諺語，其實是在講給金鎖聽呢，讓金鎖多做事。

你看吧，牆頭上是丁香碧綠的葉子，房頂上也是丁香葉子，房檐下掛著蘑菇，簸箕和大笸籮裡，晾晒著紅彤彤的山棗。他們偶爾碰上一棵山葡萄，也把葡萄揪下來。這個東西沒什麼好吃，一層皮，吃滿嘴黢紫，但山葡萄酒是非常好喝的，拿到大亮超市去賣，一斤賣二十塊錢呢。

「金鎖，跟我撿蘑菇去！」一個週日的早晨，金鎖還沒起床，趙大伯在門口背著筐召喚金鎖。

「別去，跟他去你還能撿到蘑菇？老奸巨猾的。」爺爺反對，他的心裡，始終和趙大伯有隔閡。

金鎖才不聽爺爺的，樂得拎著筐跑出去了。

金鎖快樂的跟隨趙大伯上了東山，撿不撿蘑菇是小事，只要跟著趙大伯在一起，就有意思，有心情。「金鎖，你知道不？什麼地方有蘑菇？」趙大伯帶著詭異的笑問金鎖。

「是樹林裡就有蘑菇吧。」金鎖如實回答。

「廢話，我還不知道是樹林裡有蘑菇？難道去學校操場上撿去？」

「哈哈哈！」

一老一小很快到了東山，金鎖心想：這個地方都來八百遍了，地上的荊條都快被人踏平，如果能撿到一塊蘑菇算是神仙了。

不料，趙大伯背著筐，在東山裡轉個彎，直接朝後面走去。

「這是去哪兒啊？」金鎖有點愣住，離開樹林，還能去哪裡撿蘑菇？

大伯也不說話，腳步如風往前走，金鎖緊緊跟著。繞過東山之後，趙大伯從後梁坡繞到西坡，竟然繞到旱龍道的西溝裡！

「大伯，你怎麼繞這裡來了，直接從西坡過來不就好了？繞這半天。」

「你就跟我來吧，小子。也就你，別人我還不告訴呢。」大伯詭異得像個調皮的孩子，讓金鎖又驚又喜，這老頭真好。金鎖就喜歡冒險的、富有神祕色彩的事發生。

第七章

下了溝底，整個西溝也就一百公尺長。溝邊有二十多棵松樹、小葉楊、榆樹棵子、荊條、山丁子，密密麻麻，只有到冬天的時候，砍柴的人才到這裡砍點山柴。

這裡幾乎沒有人來，因為沒有幾棵樹。溝裡還有三座大墳，擺著花圈。

金鎖緊跟趙大伯，來到一個大墳包前，就在墳包附近，有四五棵粗大的松樹挺拔屹立，腳底下特別軟，好像踩著海綿墊子。旁邊不遠處，有一片樹枝子鋪著，能有兩間房的地方那麼大。

趙大伯把筐放在一邊，小心把樹枝一點一點移開，小心翼翼的。剛剛移動幾個枝條，金鎖一下子發現褐色的松針下面，幾塊白蘑菇好像天上的星星落在草叢裡！

「天哪，這是不是白蘑菇啊？」金鎖心跳加快了。

「小子，你就往筐裡撿吧，記著，小於鵪鶉蛋的，不要撿，千萬不要踩著。小心點。」

金鎖驚喜若狂，這就是傳說中的白蘑菇，只有金家店出產這種獨特的蘑菇，價格昂貴。至於為什麼貴得離譜，誰也說不明白，就和金子一樣。

金鎖貪婪的撿著，趙大伯移開所有覆蓋的樹枝子。當大伯全部移開，金鎖也撿得差不多了。金鎖的筐裡足足有一斤多白蘑菇，好像一朵朵白雲，一股獨特的幽香讓人渾身舒服。

按照現在的價格算，這些白蘑菇最少賣五千多元呢，能抵過旱龍道好幾年的收入。

金鎖小心翼翼拿著一個大一點的蘑菇，把那潔白光滑的傘面輕輕在臉上蹭著、刮著、聞著。這才是金家店的寶貝啊，是金家店人渴望而不可得的仙蘑。

「金鎖，你記著，這是我們金家店唯一長出白蘑菇的地方，這裡四季濕潤，不旱不澇，是真正的風水寶地。這個大墳包，聽說是過去劉知縣的祖墳，人家做官那時請的高人看的風水寶地。劉知縣當官時，為老百姓秉公辦事，深受人們的愛戴。」

「你看這墳上的花圈，就是劉氏家族的人敬獻的。也不知道是不是他家的祖墳，就聽說是姓劉，當過官，就來祭拜，圖的是保佑下一代功成名就吧。這片白蘑菇，任何人都不知道，因為人們祭拜的時候是清明節前後，還沒出蘑菇呢。如果聲張出去，人人都來破壞，這蘑菇菌苗早就絕跡了。」

金鎖沒有想到，看著不起眼的西溝裡，隱藏著這些神祕的故事，金鎖緊張又興奮，緊緊貼著趙大伯。此時此刻，藍天被濃密的樹木遮蓋著，陽光鑽過縫隙，大伯和金鎖的身上滿是金色的圓點。隨著身體的移動，圓點也滿身移動，好像夢幻一樣。美妙的意境讓人心情舒暢。

「很早以前，外村的張大夫知道這裡，蘑菇歸他所有，因為張大夫是個有良心的醫生，真正救死扶傷，上輩人感恩他的大功大德，把這塊地偷偷傳給他。他去世後，按照

第七章

規矩，在他還能說話的時候，傳給我們村的劉大將軍。在打仗的年代，劉大將軍救國救難，為保護百姓立下汗馬功勞，最後戰死沙場，他的遺孀帶著幾個小蒜一樣的孩子們，生活貧困，張大夫就把這片蘑菇寶地告訴她了。將軍的女兒，憑著這些珍貴的蘑菇把孩子們撫養成人。」

「那一年山上下洪水，她的兩個孩子不慎落入水中，全村人都眼看著兩個孩子命在旦夕，因為都不會游泳。沙石俱下的洪水像無情的猛獸，嚇得人們不敢上前。我祖父不顧一切跳進洪水中，憑著一身膽量，把她家的兩個孩子救上來。在她彌留之際，把這塊蘑菇地傳給我家了。我爹臨死前又傳給我，在這以前，我爹拿回來的白蘑菇，我們家任何人都不知道他是從哪裡撿到的。他本來想傳給別人，但太貪婪的人，不配擁有這塊蘑菇寶地。我爹想來想去還是傳給了我。憑良心說，我賣蘑菇的錢，我自己沒有花一分。我都無償捐獻給學校了，讓金家店的寶物成全金家店的後代。」

金鎖忽然想起，老師每個月給金鎖一千五百塊錢，這也是金鎖上學沒有後顧之憂的原因，像大伯這樣的好心人真多啊。金鎖被溫暖、感動包圍著。

「我為什麼要傳給你呢?因為你是個善良正義的好孩子，也是一個懂事的孩子，你前途無限好啊，可你們家狀況確實糟糕，所以這片寶地我傳給你。但你一定要記住。」

金鎖站在一棵松樹下，滿臉狐疑看著趙大伯，此時，好像三軍將領接受軍令狀一樣，只有兩個人的場合，還挺莊嚴凝重的。

「第一，必須聲東擊西，保護金家店獨特的寶貝，做到絕對保密，連你爺爺也不要告訴。第二，你必須留下蘑菇後代，不要把蘑菇撿光，不能破壞菌群。第三，大旱的時候，偷偷拿一壺水，灑在這裡，再用樹枝蓋上。這樣，你保證年年能撿到白蘑菇。第四，你不需要用這些蘑菇來貼補家裡的時候，你必須找一個適合的人來頂替你，也就是說，把金家店的寶貝傳給值得傳的人。一定要守口如瓶，金家店的寶貝才能得以流傳下來。」

金鎖摟著筐，看著蘑菇，聽《天方夜譚》一樣聽趙大伯講述白蘑菇的故事，他恨不得馬上跑回家把這事告訴爸爸和爺爺。從今以後可以撿到珍貴的白蘑菇了，過年可以買肉吃了。

接近中午的時候，二人悄悄繞到後坡，再繞到東坡，然後，大搖大擺提著筐，從東邊山坡上大踏步走下山來。

金鎖滿臉喜悅，他恨不得廣而告之，讓全天下人都知道這件事。但他想想趙大伯的良苦用心，還是保密吧，這件事一旦公布出來，貪婪的人們會把這裡挖地三尺，白蘑菇就會消失，而且，還得驚動祖先。

當金鎖把半筐白蘑菇背到家，爺爺和爸爸都看傻眼了，這難道是真事？

第七章

「老天爺餓不死瞎家雀兒（麻雀）啊，老天保佑。」爺爺雙手合十，說這是神靈保佑的結果。

「從哪兒撿的？我這些年都沒有撿到過。」爺爺盯著筐裡，滿眼放光。

金鎖看著爺爺，笑得有些壞：「你老料頭兒這回可沒料到啊。」

第八章

不速之客

熬過了忙碌的秋季，金鎖家的收入比往年還要高一些。爸爸在家裡看家做飯，爺爺在山上的時間一直到天黑得看不見東西為止，早晚不見日頭。家裡有人讓爺爺放心，爺爺從來沒有這麼盡情採摘過，恨不得把大山扛回家來。

院子裡堆了一些袋子，蓋著塑膠布，裡面全是晒乾的丁香葉子。初步估算，最少能賣五千元。

今年的山棗更多，爺爺全部晾晒乾爽，能有五百多斤，最少能賣一萬元。爺爺成天抓起來又放下，每一顆山棗都讓爺爺喜愛不已。

其他雜貨，馬蜂窩、螳螂子、雜蘑等，也能賣幾千元。

當秋天過去，落葉飄飄，山裡刮起冷風的時候，收購山貨的人在大亮超市立個收購點，村民們趕大集一樣聚集在這裡，那是金家店人最高興最幸福的時刻。

有了錢，就地消費。此時，大亮超市是最火爆的時刻，香腸、啤酒、豬肉供不應求，所有人都不會在這一刻吝嗇，忙了一秋，累了一秋，改善一下也是應該的。

爺爺總是把錢攥出汗來，也捨不得花幾塊。賣山貨那天，厚厚的百元大票揣進爺爺的懷裡，爺爺的門牙差點樂掉了。人們都羨慕爺爺，這老頭太能幹啦。

第八章

當爺爺從懷裡掏出半袋乾透的白蘑菇的時候，人們呼啦圍上來，看看到底能賣多少錢。

「你老頭出個價吧，我聽聽，太高了我也收不起，如今這種白蘑菇人工養殖的很多，也不太值錢了。」

買主總是有理由壓價。

「你給多少錢？我看看合理不。」爺爺讓買主出價。買主是個年輕小夥子，拎著袋子讓大亮媳婦秤，不多不少正好一斤。

「這樣吧，我看你老爺子這麼大歲數了，撿到白蘑菇也不容易，我給你最高價，七千五百元，多一分不要。這我還尋思呢，能不能黏手上，賣不出去我就賠了。這白蘑菇就是市場炒作炒起來的，其實哪有這麼貴的。難道非得吃它？一千一斤的紅松蘑比這個好吃。但是沒辦法，有人認可。就和香水似的，有二十五塊錢一瓶的，也有二十五萬塊錢一瓶的。」

爺爺尋思，七千五百元，價格不低了。但周圍的人七嘴八舌，說再添兩千五百湊一萬，圖個吉利。再說，既然這白蘑菇是有錢人吃的，也不差這兩千五百元。

大家七嘴八舌一陣，那個買主把話一撂：「你賣兩萬五千才好呢，誰多花點不好呀。那你就留著吧。我不要了。」

當收山貨的人開車離開金家店的時候，人們又圍著爺爺七嘴八舌，說七千五百元不賤了。大家怕是年前賣不出去，放到第二年味道流失，就不值錢了。

爺爺懊惱不已，揣著白蘑菇回來了。一塊錢的東西也沒往家買，爺爺氣得臉紅脖子粗，又不知道跟誰去發火，後悔得直打自己的腦袋。

金家店的前村後院，左鄰右舍，家家飄出炒菜的香味，唯獨金鎖家清鍋冷灶的。爺爺回家跟爸爸和金鎖一說這件事，爸爸說：「其實賣五千塊錢都不錯了。該出手時就出手，別聽大夥兒的。」

爺爺把白蘑菇放在箱蓋上，那袋白蘑菇，好像過了年歲的老姑娘，不值錢了。

這天晚上，飯吃得很晚，蘑菇沒有賣出去，感覺錯過了大好時機，全家人在一起翻來覆去議論這件事，好像損失多大似的，打不起精神，各自想著心事。

「吃一塹長一智，再遇上買主，給多少錢都賣。不能太貪，要學會見好就收。」爸爸最後總結說。

就在全家人準備進被窩睡覺的時候，一束手電筒的光亮在窗戶上來回晃動，弄得屋裡一閃一閃的像鬼火。隨著腳步聲臨近，窗框被拍得啪啪啪響了幾聲。

金鎖下地開門，一堵牆似的身軀晃蕩進屋裡來。

「這是要睡覺啊，我來得不是時候。」

第八章

爸爸和爺爺趕忙鑽出被窩穿衣服，原來，是吳老大來了。這可是稀客。

在金鎖的記憶裡，吳老大好像從來都沒有來過金鎖家。兩家井水不犯河水，沒有任何聯繫，甚至見面都不打一聲招呼。

吳老大一來，讓金鎖一家不知所措，甚至有些受寵若驚，這怎麼可能呢？

雖然一個村裡住著，可吳老大這樣的人家，又仗著吳老二的勢力，不稀罕與金鎖這樣的家庭來往。他們是屬於村裡的上層人物，有錢有勢，什麼事不求人，過著屬於他們的幸福自在的生活。

吳老大是村裡讓人捉摸不透的人，高大敦實，耳根下的幾綹頭髮盤旋著往上繞，遮蓋他的禿頭。肥頭大耳，滿面紅光，好像餵足了草料的驢，油光發亮的。

金鎖的腦袋裡迅速轉著，想著最近與他有什麼摩擦沒有。

想來想去，沒有與他們家任何人任何事有聯繫。

如果說有，是金鎖在清明節的時候，去他家墳頭拿過供品。可這件事過去了那麼長時間，他不至於到今天才找上門來。

金鎖排除了拿供品的事，因為吳老大是拿著好多東西來的。

吳老大雙手拎好幾個花花綠綠的紙殼箱。金鎖瞥見紙殼箱上寫著八寶粥、蜜橘、核桃粉、老紅糖、和田大棗。另外還有一隻活的大母雞，頭朝下倒拎著，那雞微閉雙眼，已經老老實實任人宰割了。

金鎖想：連吳老大這樣的人都來看爸爸。金鎖再看吳老大的眼神，滿是敬意了。人家有錢人也挺好，也不像人們說的那麼壞呀。

「抽袋旱煙吧，沒有煙捲。」爺爺把煙笸籮遞過來。爺爺拿了一條紙，折疊出溝來，放上一些煙末，遞過去給吳老大。吳老大真就接過了爺爺的老旱煙，順手把袋裡的一盒煙捲掏出來擺在桌上，那是玉溪牌子的，一盒煙好幾十塊呀。

「來我家看看就挺好了，還拿這些東西幹什麼。」

爺爺說完這句話之後，爸爸也說了同樣的話。這讓金鎖感覺到自己的父輩多麼卑微。

無功不受祿，對吳老大拿著東西半夜來訪心裡都覺得蹊蹺，爸爸和爺爺的臉上顯出疑慮的神情，不知道吳老大來的目的。

「呀，這是金鎖寫的字嗎?聽說你成績好，好好學吧，這個家裡，就指望你了。」吳老大展開紙條，端詳著、欣賞著、誇獎著，抽煙紙是金鎖用過的作業本。

爺爺和爸爸的臉上都露出了自豪的笑容，誇獎金鎖，比拿這些禮物都讓他們高興，比吃肉的感覺都香。「唉，辛辛苦苦做事，不就是為了他嘛，可不能讓孩子跟我們守一輩子大山。據我所料，就這樣連年乾旱少雨，這大山也沒幾年就要挖地三尺了。」

第八章

「唉，老百姓不容易啊，聽說為了環保，有政策說要封山。牛啊羊啊，都不讓進山了，在家裡圈著養，得多少草料啊。」

「啊？那撿蘑菇可以嗎？」金鎖聽到這件事，大驚失色，如果再不能進山撿蘑菇，那日子就沒得過了。

「哈，撿蘑菇當然沒事，不破壞樹木就行。」吳老大用手拍了一下金鎖。

「我想問問，你家旱龍道今年收成怎麼樣？」吳老大關心的問。大家都知道這片旱龍道是金鎖家的。

不提旱龍道，全家人跟吳老大真就沒有話說，不知道說什麼，沒話找話，隔一會兒就出現靜悄悄的空當，有些尷尬。

話題圍繞著爸爸的病說了一次又一次的，從怎麼得的病，到怎麼治療的，在哪裡住的院，誰誰伺候，花了多少錢等，爸爸跟人說了好幾遍了。但今天爸爸格外健談，跟吳老大說著這些，言語中流露出之前沒人管他的悲傷心情。

爺爺在一邊聽得不是滋味，一言不發了。作為父親，兒子得了這麼一場大病，他竟然不知道，爺爺心裡也不舒服。誰讓日子過得這麼窮啊，告訴他，他去了也只會添亂。

吳老大提到了旱龍道，這可有了話題，爺爺抱怨，爸爸嘮叨，這旱龍道太敗家了，不種可惜，種了賠錢。

「大叔，大哥，我今天這麼晚來呢，是有兩件事。一個是看看大哥，早就聽說大哥病了，一直想來看看，破爛事太多拖到今天。再一件事，我想跟你們家商量一下旱龍道的事。」

爺爺和爸爸對視了一下，金鎖抬頭看著吳老大，等待下文。旱龍道與他有什麼關係？有什麼可商量的呢？

「我是這樣想的，我家不是養了好多牛嗎，秸稈不夠餵，又沒有人放牧，我想旱龍道離家近，我種點兒草木樨，那東西根子扎得深，不怕山坡地，而且種一次好幾年不用種了。我南山窪那好地種草不是浪費了嗎？那可是一等好地呀，所以，我想這樣，我們兩家換換，你家種我的南山窪，我種你的旱龍道，永久互換，或者承包幾年，都行。你看，我是不是為你們著想啊，金鎖上學開銷大，旱龍道根本就不能種糧食嘛，是吧？」

爺爺趕緊眨眼睛，迅速回味吳老大的話，難道天上真的掉餡餅了？

爸爸不作聲，心裡奇怪，吳老大這話一出口，爸爸就覺得疑惑，不知道他的葫蘆裡賣的是什麼藥？

「這事可不行，你不虧了嗎？好壞認命了。攤上什麼地都得受著。」爸爸這樣回答他。

面對這樣的大事，金鎖也不敢表態了，夾在他們中間聽著。

第八章

「這是什麼話？我吳老大做事向來是光明磊落。這樣吧，你考慮考慮，如果行的話，我們就把合約訂了。轉讓承包也不犯法。」

「這事再考慮考慮吧。」爸爸推辭著。

「大哥，這有什麼考慮的，說實在的，你如果把旱龍道換給我，也是成全我，我可以種一片草木樨，我家那十幾頭牛就有了飼料了。明年說封山，我不得想想後路嗎？你家種旱龍道莊稼沒有收成，種南山窪的話，一年最少一萬斤糧食，金鎖上學夠花了。」

「再考慮考慮吧。」爺爺也這樣說。

吳老大走的時候，發現了箱蓋上的白蘑菇，拎起來看了看，驚訝的說：「這可是金家店的寶貝，怎麼沒賣呀？」吳老大滿臉驚訝的樣子。

「怎麼不賣呢，沒賣出去。那個人給七千五百元，我爺爺要一萬元，要跑了。」金鎖帶著後悔的口氣說。

「那正好，賣我吧，我正尋思著過年送個朋友，不知道送什麼呢。這樣吧，我給你一萬兩千五百元，我拿了。這個東西，說實在的，沒什麼好吃的，就是有名。就跟味素似的，山溝裡的老娘們都說蓮花味精好，廣告做得好吧。金家店兩大特點，一個旱龍道，一個白蘑菇，出名了嘛。」

吳老大哈哈笑著，因為體形碩大，肺活量大吧，笑得房頂亂顫，嗡嗡作響。

吳老大從口袋裡掏出一疊錢，唰唰唰點出了二十五張，啪地摔在桌上，那動作真瀟灑。

「你就給七千五百吧，拿回去五千。我們也不能指望這個訛人啊。」爺爺把錢又點出十張，遞給吳老大。

「大爺我說話直，我拔根汗毛都比你腰粗，我還在乎這點兒錢嗎？拿著吧，反正我也是送人，我拿去一萬兩千五百塊錢的蘑菇，他得幫我辦等價的事，對吧。」吳老大狡黠一笑。

無論是爺爺還是爸爸，都找不出合適的話來說什麼，都被眼前的這個人弄得神魂顛倒。

「給你們兩天時間，考慮考慮，後天晚上我來。」

吳老大走出屋去的時候，屋裡立即顯得空曠起來。

初嘗八寶粥

吳老大走了之後，爺爺和爸爸陷入了沉思，每天都把這件事搬出來分析、研究、探討，百思不得其解。吳老大怎麼突然關心起金鎖家了呢？實在是判斷不出這件事是好是壞。

金鎖高興得直蹦高，沒想到一斤白蘑菇賣了這麼多錢。他暗暗有個決定，得跟爺爺要一千塊錢，買點禮物給趙大伯，這錢等於是趙大伯給的。

金鎖說：「別把事情想那麼複雜，人心都是肉長的，人家想做個好事有什麼不對的。再說，他也說了，人家想種草，好地種草不是浪費了嗎？」

「能像你想的那麼簡單嗎？」爸爸始終懷疑這事，但又找不出理由來。

「就你們事兒多，他想換就換吧，我們家也不吃虧。」金鎖覺得這事挺簡單的。

吳老大想換地的目的，讓爸爸和爺爺捉摸不透。

他的話怎麼琢磨怎麼不對勁，可又分析不出原因來。爺爺和爸爸都拿不定主意。「人家拿南山窪五畝一等地，來換我們家旱龍道五畝地，這樣的好事做夢都夢不到。我懷疑的是，他要這兔子不拉屎的薄地究竟是圖什麼？可不是種草這麼簡單，旱龍道旱起來，種什麼都沒用。草木樨根子再能扎，也扎不過旱龍道啊。」

爺爺幾乎天天嘮叨這點事。這也他預料，那也他預料，這回爺爺是無法預料啦。

吳老大拿來好多東西，讓全家發愁，吃還是不吃？吃了，欠人家的人情，無功不受祿；不吃，又不能退回去，那算什麼事啊？

「就你們想得多，誰還不行看看誰嘛，一個村住著，他們家那麼有錢，也不會在乎這點東西。我們放心吃了吧。」金鎖早就盯上了那盒八寶粥。「那就打開吃吧，別冤枉了人家的好心意。拿回去那是不可能的。」爸爸同意讓吃了。

金鎖高興的跳到地上，拿起八寶粥的盒子細看著，這一看日期不對勁。「喔哈，原來是過期的東西，在今年春天就過期了！這還能吃嗎？」

這些東西裡，唯有這隻活蹦亂跳的母雞是新鮮的，可雞屁股後面不知道長了什麼，有個膿包，每日散發著臭氣。這雞是母雞中的「戰鬥雞」，這樣也擋不住牠的嘴，爺爺撒把穀子給牠，牠啄得歡，與家裡的雞們混在一起，不跑了。

「隨牠去吧，死了就燉了，活著算牠命大。我就尋思嘛，好東西他吳老大不會拿給我們的。」爺爺終於看出點情勢來，但就是搞不懂，他這樣做的目的。「旱龍道是人人厭棄的山坡地，他拿好地來換旱龍道，這不就是腦袋發熱被驢踢了嗎？這種事，占便宜的事，我們死活不能幹。」這件事爸爸跟爺爺的立場一致。

只有金鎖想換地，金鎖想得很簡單，比比畫畫說出自己的觀點：「人家條件好，不差這幾畝地，而我們家條件不好，又病人又上學的，人家發發善心有什麼不對的呢？書上還說呢，一個籬笆三個樁，一個好漢三個幫。我不也是被沒有見過面的『雨辰』救助嗎？人家圖我什麼呀？」金鎖感覺這是天大的好事。

第八章

「你得了吧，你吃幾年鹹鹽粒。據我所料，他肯定是看上旱龍道有利可圖。街裡不是好多人蓋樓嗎？旱龍道底下全是沙子，說不定人家不種地了，專門賣沙子呢，那可有錢了。」

爺爺分析的，好像有道理。

「這樣的話，就不換了，留著我們家賣沙子吧。」金鎖總是把問題想得容易。

「廢話，你去賣吧，你賣誰去？誰稀罕要你的。」爺爺又潑下一盆冷水，把金鎖澆迷糊了。

關於過期食品，大家爭論不休，金鎖主張打開來餵豬，大亮家超市的過期食品全部扔了，從來不賣給人。吃過期食品會中毒的。

爺爺卻當作寶貝似的捂著。「什麼過期不過期的，豬肉放有味了，沒有往外扔臭肉的，哪個沒吃？」

爺爺打開一盒八寶粥，那是紅色的小鐵盒，上面印著黃色的七個大字：桂圓蓮子八寶粥。金鎖撿破爛的時候沒少撿過，可就是沒有吃過。金鎖看了配料，好多種呢，有的聞所未聞，比如芸豆、銀耳，這是什麼東西，金鎖想都想不出它們的模樣來。爺爺掀開上面的塑膠蓋，裡面竟然還有一個塑膠湯匙，爺爺把小匙伸開，從裡面挖出一勺八寶粥來。粉紅色的八寶粥，黏黏稠稠，上面滿是紅豆綠豆、核桃蓮子等。

爺爺試探的往嘴裡放了一大口，最後下結論：「沒什麼邪味，又甜又黏，挺好吃呢。我先吃，用我的胃做實驗，我死了也這麼大歲數了。」爺爺掐著鐵罐大口吃著，邊吃邊誇獎，第一次吃這個東西，連粥還有賣現成的，太講究了。

金鎖經不住爺爺的誘惑，也打開一罐吃起來，這八寶粥原來這麼好吃啊。

「爸，你也吃一罐吧，要死全家死一塊，有什麼了不起的。不過，我感覺沒事，因為沒有那種放壞的味道。」金鎖非常悲壯的拿出一罐來，打開，把小湯匙展開，端到爸爸跟前。

全家人，每人手裡都端著一罐八寶粥，吃得香甜。這是全家第一次吃這麼高級的食品。

爺爺在門口散步，碰上隔壁的馬大奶奶，只聽爺爺說：「你吃了嗎？」

「沒吃呢，你吃了？」

「吃了，今天懶得做飯，全家吃的八寶粥。沒什麼好吃的。」爺爺故意這麼說。

「還是你老頭有福氣，還有八寶粥吃，我都沒有吃過那東西。」

「你等著，我進屋拿一罐給你嘗嘗。」

爺爺進屋來，用眼神徵求金鎖和爸爸：「給老馬太太一罐吧，她也沒吃過。大家嘗嘗吧，又不是我們花錢買的。」

第八章

「你別把人家吃壞了。」

「我們都沒事，她有什麼事？鎖子，打開一罐。她吃完了，罐得留下，留著賣破爛呢。」

馬大奶奶自從吃了八寶粥，見人就跟人家炫耀說：「老料給我一罐甜粥，可好吃了呢。」

誰都不知道甜粥是什麼，什麼樣的滋味，老太太說也白說。

其他的食品，也都過期了，但時間不長，如果不趕緊吃真就不行了。有了好吃的，這幾天金鎖感覺生活甜蜜了許多，動不動就把核桃粉撕開一袋，全家人泡三碗當茶喝了。

爺爺拿起一罐蜂蜜，對金鎖說：「蜂蜜這玩意放多少年都沒事，你拿去給老趙吧，種地的時候人家幫了不少忙呢，再者說，那些白蘑菇如果不是他領著，你能撿到嗎？」

金鎖一聽樂壞了：「爺爺，東西不在多少，不在貴賤，表達心情嘛，態度最重要。」

金鎖第一次感覺與爺爺達成共識，非常高興，難得有東西送給趙大伯。

傷心合約

最近是怎麼了？有些事讓金鎖想破腦袋也想不出緣由來。不僅吳老大來光顧金鎖家寒酸的小屋，給了那麼大的優惠，就連平時總也不來的大會計也來金鎖家坐了一陣子，也沒什麼話。村長杜超也來，表示關心金鎖的爸爸，他們畢竟是同齡人。還有幾個人閒著沒事也來金鎖家待一會兒，不鹹不淡聊一會兒走了。

自從金鎖救下村長杜超家的小牛之後，村長一家對金鎖家人的臉色明顯變暖，而且，把家裡吃不了的東西三天兩頭送來金鎖家。前幾天，他家來了客人，等客人走了之後，杜超媳婦端來一大盆剩菜，上面用蓋簾蓋著，酸菜燉排骨、油炸黃花魚、炒雞蛋、香腸等，金鎖家的飯菜又改善了。

「謝謝大嬸。」金鎖感謝她。

「不用謝，不嫌棄就行啊。我家也吃不了，餵狗不浪費了嘛。」金鎖聽了這話感覺無語，又找不出什麼毛病來。

一天早飯後，門口有轎車喇叭聲，杜超穿了一身西裝，嶄新的大皮鞋，走進院子。爺爺忙把杜超讓進屋裡。

「今天是週日，鎖子不上學吧？」

第八章

「嗯吶，在屋裡寫作業呢。」爸爸在屋裡聽見了他和爺爺的對話，心裡美滋滋的，看看，都把金鎖當大人看待啦。頭三十年，看父敬子，後三十年，看子敬父。現在，金鎖已經讓爸爸無限自豪了。

爺爺向來看不起這些在村裡高高在上的人，和他們有著天然的距離，覺得他們都瞧不起人。最近跟這些人來往得多一些，那種畏懼心理減少許多。

「把暖壺拿來，沏點水。」爺爺命令在床上趴著寫作業的金鎖。

「別沏別沏，我不渴。我還有事，馬上出門呢。」金鎖立即停止了沏茶，把暖壺和茶杯放在箱蓋上。

「大哥，我是來打聽打聽，這話哪裡說哪裡結束，不得外傳。」

爸爸看著杜超：「什麼事搞得這麼神祕，我家裡也不和外界接觸，沒有犯法的事，能有什麼事啊？」

「最近，有人來你家說過旱龍道沒？」

爸爸和爺爺面面相覷，這話怎麼回答呢？說還是不說？無論是吳老大還是杜超，跟金鎖家都不是很親近的，關係一般。人家吳老大來要求換地，人家拿好地換我們這坡子地，還拿了一堆好東西，甚至看面子把蘑菇高價買去了，成全這個貧困的家。而杜超只是為了他的官銜做事罷了。

爺爺想了想閉了嘴巴，在背後繞來繞去，最後繞到外面去了。在關鍵時刻，爺爺總是臨陣逃脫，變得膽小怕事。

爸爸想了想說：「沒人來。再說，我那破地，大夥都看著呢，今年幸虧種了穀子，毛驢有餵的，幾袋子穀子夠我們家喝粥了，好地也輪不到我家。」

杜超想了想，最後對爸爸說：「大哥，我告訴你，旱龍道目前惦記的人很多，你千萬留住，任何人，給多大的好處都不能換，記著我的話就得了。」

杜超起身走出屋子，爸爸懷疑的追問了一句：「怎麼回事？旱龍道怎麼了？」

杜超想了想說：「目前沒怎麼，總之一句話，你留住了就行。」

杜超一按車鑰匙，門口黑色小轎車「吱吱」兩聲，杜超鑽進車裡。轉過車頭，杜超搖下車窗，露出因為仗義而顯得很激動的臉，對爸爸說：「我也是為了你好，心裡有數就行。」

望著轎車離去的背影，爺爺和爸爸站在門口愣了半天。

旱龍道能有什麼？「據我所料，這過期的八寶粥恐怕要吃出事情來。我就覺得吳老大來得不對勁嘛，平時也沒什麼瓜葛，突然登門造訪，拿好多東西，把好地換破地，這也不是常理啊，有點莫名。」爺爺有些擔憂。

「村長又來，說了一通莫名其妙的話，這裡肯定是有事。」爸爸也開始懷疑了。

第八章

可他們想來想去，感覺不是吃虧的事，旱龍道與吳老大家的南山窪互相換了，是吳老大主動換的，又不是金鎖家求他換。

一天夜裡，吳老大又來了，這次沒有拿過期食品，而是拎了一袋蘋果，一袋橘子，還有一大盤香蕉。他這是有備而來，拿來好幾張信紙、鋼筆，還揣帶著一盒印泥，一副辦不成誓死不歸的架勢。

爸爸有些猶猶豫豫的，這輩子從來沒有占過誰家便宜，那樣心裡會不安的。吳老大口氣軟中帶硬，爸爸覺得不同意好像不知道好歹了。最後，爸爸終於下定決心，同意互換土地。雙方寫了轉換合約，一式兩份。

雙方簽字，還按了手印。

吳老大拿著合約，看了又看，金鎖發現吳老大臉上露出不易覺察的笑容來，好像撿到多大便宜一樣。

「我這也是辦了一個大好事，把好地給你們，也是看了金鎖的面子。這孩子太懂事了，把爸爸接回來，又幫助鍛煉，成績還好。我不幫誰幫啊。我說呢，等我兒子將來像金鎖這樣，我就知足了。」

滿屋裡都是喜悅的氣氛，大家各自歡喜。吳老大把那破地旱龍道整到手，好像撿了便宜似的，滿臉的皺紋都笑開了。

從明年開始，金鎖家去種南山窪了。西坡的旱龍道歸吳老大所有了。晚上，全家人躺在床上，都失眠了。憧憬著明年的秋天，院子裡肯定是堆滿了大苞米，加上其他零散地塊，兩萬斤苞米不成問題，去掉成本，能剩下一萬塊。天啊，這不發財了嗎？家裡再也不用這麼苦著過日子了。

「爸爸，我得跟老師說說，那個叫雨辰的捐助的錢，我們不要了。」

「對，我們自己能過得去，就不用麻煩人家。下個月就跟老師說吧。這個秋天沒少賣錢，能堅持一年呢。加上低保，我的農保，零錢夠啦。」

有了兩萬多塊錢，這個家裡的人，像有了巨款一樣興奮。他們經濟獨立，就不想拖累好心人了。

「爺爺，能給我兩百五十塊錢嗎？我想去看看玉蘭。」

「看玉蘭啊？別說有，就是沒有，我也去幫你張羅。去看看吧，也不知道那三人過得怎麼樣了。你去的時候，去大亮超市買幾斤肉拿去，或者買一桶豆油，別買亂七八糟的，買正經的東西。」

金鎖快去快回，可能帶去了禮物，後媽和玉梅都很高興，烙了油餅、炸了雞蛋醬給金鎖。

金鎖回家後輕描淡寫說了幾句，就不聲不響看書去了，一臉不高興。爸爸覺察出金鎖有些不對勁，一問才知道，玉蘭輟學了，去附近銀行的食堂刷碗。玉梅繼續上學，因為考試的時候，玉梅比玉蘭多十分。後媽因為腰疼做不了重活，家裡只能種幾畝山地，餵兩頭豬，維持著艱難的日子。

金鎖在心裡打著主意，絕不能讓玉蘭輟學。

爭奪旱龍道

有一天晚上，已經半夜了，全家人都進入夢鄉，忽然，窗戶被人輕輕拍打著，一下，一下，很輕，但很急。

爺爺睡眠淺，馬上豎起耳朵聽了幾下，翻身坐起來，順便推了金鎖一把。金鎖嚇得心咚咚咚跳，是不是來了強盜，入室搶劫啊？他瞬間跳下地，把剪刀拿在手裡。

「快開門！」來人壓低嗓子說。金鎖最先聽出來人口氣，原來是趙大伯。趙大伯進了屋，開門見山問：「你們家的旱龍道，與人對換了沒有？我怎麼聽說你們換給吳老大了呢？」

「是跟他換了。怎麼了？我也沒吃虧，是他趕著來換的。出什麼事了？」爺爺滿臉疑問，這回也不隱瞞了，老趙深夜敲窗來說這件事，非同一般。

「你們啊，說你們什麼好呢？就看眼前這點利益，吳老大是什麼人，你們不知道嗎？他腦袋被驢踢了還是進水了？放著好地不種，非得種你的旱龍道？」

趙大伯氣得臉色發青，在燈下有些恐怖。爺爺也愣了。

「大哥，到底怎麼回事啊？」爸爸問，順便把煙筐籮遞過去。

「我大伯才不抽那破玩意。」金鎖把煙筐籮又挪開。他這種胳膊肘向外扭的口氣讓爺爺回頭瞟了他一眼。

「怎麼回事？我告訴你，我們這裡馬上要修建高速公路，已經測量好了，正好從旱龍道通過。誰家有旱龍道那塊地，這回發財了。國家占用土地，那是給高額補償的。就你家那塊地，好幾畝，得好幾十萬塊啊。」

「我想起來了！我想起來了！我知道，我最先知道的。那天我上樹了，下不來了，一個大個子把我扛下來的，他們就是從我家穀地裡測量的。」金鎖如夢初醒，一下子想起那天的事情來。

「那你不早說！」

「怕你們罵我，為我擔心嘛。」

全家人開始捶胸頓足，後悔莫及，拍大腿，揪頭髮，跳高跺腳。一會兒罵金鎖沒心沒肺，一會兒罵吳老大不是人，一會兒罵杜超藏著掖著的。這麼大的事情，金鎖一家竟

第八章

然全然不知，消息封鎖得這麼嚴實。看來，這件事情是有意隱瞞著他們家了。

「別罵了，罵有什麼用？趕快想想辦法。」趙大伯也惋惜著。他是去超市買點麵條，無意聽見說修高速公路的事，恰巧旱龍道在規劃之內，說這回旱龍道可撿著大便宜了。說有人看見，吳老大趁著夜色去了一趟旱龍道，打著手電筒來回照了半天呢。

「我擔心他會打旱龍道的主意，真就被我猜中了。」趙大伯憤憤不平說。

爺爺翻箱倒櫃，把那個包了一層又一層，塞在箱子裡的合約掏了出來，因為怕被耗子咬了。爺爺打開合約，交給趙大伯看。

「得想辦法驚動吳老大，抓住他的把柄，你們有了書面合約，這還不好辦了。」

「您想想辦法吧，我們太愚了，被眼前的利益蒙蔽了，怪不得吳老大拿來不少東西，還把白蘑菇高價買去了。」爸爸求趙大伯幫忙。

「合約算個什麼呀，不就一張紙嗎，我，我撕了它。」爺爺氣得把合約撕得一條一條的，又橫著撕，撕成了碎片，塞進灶坑裡燒了！

爺爺劇烈咳嗽起來。全家人都被爺爺的舉動嚇傻了，合約怎麼可以隨便撕呢？

「我就想嘛，吳老大不是省油的燈，拿幾瓶過期的八寶粥來欺騙我們。太缺德了。」

「什麼？他拿的八寶粥是過期的？有什麼證據？」趙大伯忙問。

金鎖跑外面去拿空鐵皮罐子，正好十二個罐子還沒賣破爛。趙大伯對著燈一看，都過期半年了。

「你們吃完沒怎麼樣？」

「沒有啊，挺好的，挺好吃呢。」爺爺說。

「你們吃過期食品沒中毒？」趙大伯說。

「沒中毒，吃得挺好的。」爸爸也說。

「你們怎麼不中毒呢。」趙大伯詭異的說。

「啊，是啊，我們吃過期食品中毒了。哎呀媽呀，我肚子疼，哎呀，我肚子疼死了。」

爺爺的病怎麼來得這麼快呀？而且，馬大奶奶也肚子疼了，也吃中毒啦。當村醫李先生背著藥箱為爺爺和馬大奶奶天天打針的時候，所有金家店的人都知道了一個重大新聞：馬老太太和老料頭兒吃了吳老大半夜送去的過期食品，中毒了。更有甚者，說老料不知道為什麼上火了，夠嗆了，張羅買棺材呢。

村醫李先生難得有人找他打針吃藥，他也把病情描述得很重，巴不得為他們打上半年針，讓吳老大掏錢。吳老大曾經嘲諷過李大夫，為他起了個外號「李十針」，意思是誰打針最低得十針以上，氣得李大夫恨不得打他一針。

第八章

吳老大迫於輿論的壓力，終於挺不住來到金鎖家看看真假。他尋思說不定有人幫忙出招，讓老頭子裝病。

吳老大一進入金鎖家的院子，好像進入了無人之境，沒有一個人搭理他。他硬著頭皮進屋一看，不覺心裡咯噔一下。

老料頭兒躺在床上，滿臉死灰色，瘦得皮包骨，真如一個病入膏肓的病人。其實，爺爺真是上火了。

這股邪火讓爺爺吃不下飯，睡不著覺，心裡憋著一股暗氣。這麼大歲數了，這樣的打擊他是承受不起的。

「怎麼了，聽說大伯病了，好些了嗎？找哪個大夫看的？不好的話，去醫院吧，別耽誤了。如果沒錢的話，我先墊。」

「不去，我臨死再給錢，這日子還過不過？到手的錢讓你騙去，我也是白活了。」爺爺不客氣了，乾脆打開天窗說亮話。

「你這老爺子，怎麼血口噴人？我什麼時候騙你錢了？」

「旱龍道要開價了，你來和我換地，你安的什麼心？我把合約都撕了，我不換了。」爺爺氣得大聲咳嗽起來。

「誰說旱龍道要開價？沒根據的事。別聽人們亂說。我就納悶了，你家的日子是讓外人說了算，還是你自己說了算？我又沒逼著你們換地，是兩廂情願的事。」

「大伯，你沒有別的事的話，可以走了。」金鎖實在看不下去吳老大跟爺爺爭論，下了逐客令。

「你是念書的孩子，怎麼也比你爸你爺懂得多，這寫了合約的事，才幾天就反悔，有這麼辦事的嗎？撕毀合約是犯法的。」

「是嗎？那就法庭上解決吧。」金鎖毫不示弱。

「閉嘴，小孩子知道什麼？別跟著亂參與，好好寫你的作業得了。」爸爸訓斥金鎖。爸爸把金鎖的怒火點燃了。

「吳大伯你聽著，旱龍道如果開價了，這個錢理應是我家的，如果沒開價，那麼旱龍道還是你家的，你愛種什麼就種什麼。」

「豈有此理，怎麼都成了你的了，你這書白念了？誰說旱龍道要開價了？捕風捉影，空穴來風。」

「我說的，旱龍道就要修建高速公路了。」一個聲音從後邊響起來。

杜超進屋來了。「你來得正好，這一家子人沒有一個明白的。你解決吧。」吳老大看見杜超來了，當時就高興了。他的村長的位置，還是吳老大幫助拉票換來的，他肯定會偏向自己的。

第八章

「旱龍道馬上就開工了，修建高速公路。這是我們金家店的大好事，馬上公路也動工了，家門口都是柏油路。旱龍道從根本上說，那是金鎖家的口糧田，誰也動不了。」

吳老大沒想到杜超會這麼說，他的如意算盤要落空了。

就在這個時候，院子裡進來一群人，聽說老頭病了，都來打聽打聽。

當人們進屋的時候，發現了吳老大，大家都瞪著驚奇的眼睛，幾乎一樣的口氣說：「你怎麼會在這裡呀？」

「你們怎麼回事？老料頭兒家門口也沒掛殺人刀，我就不行來了？」

吳老大氣得發瘋，也無地自容。

「老料啊，你怎麼還病了？是不是財大燒的？旱龍道開價，你家可發財了。這回夠你花了。」

「老料啊，這是老天在照顧你啊，你快點好吧，吃香喝辣的日子在後面等著呢。」

吳老大再也待不下去了，起身走了。

他還沒有邁出門檻，身後傳來一個特別清晰的罵聲：「這人，良心被狗吃了，什麼人都算計。旱龍道千萬不能到他手裡。」

其實，人們看見吳老大來了，知道他來準沒有好事，所以大家自發湊在一起來聲援，絕不讓他得逞。

少年的夢

當第二個春天來臨的時候，金家店人開始了從來沒有過的忙碌。美好的生活在前面招手，人人臉上綻放著快樂幸福的笑容。

這裡正在修建一條高速公路，路過金家店，一直通到全國各地去。這是金家店開天闢地的大事，是關係到所有村民生活的大事，老百姓盼望這條路修建成功，這意味著金家店所有的農副產品都能順利運出山外，山外的商販也會開車進入山裡，山裡和山外相連，金家店一定會擺脫貧困。

有先見之明的農家婦女，早就利用塑膠袋子開始孵化小雞、小鴨了。這些綠色雞蛋一定會賣個好價錢。

笨重而又龐大的機器轟隆隆開過來，馬達聲聲，晝夜施工，金家店熱鬧了！往日閉塞的小山村，終於和外面接軌了！

一天早晨，金家店人正早起忙碌著，三輛小轎車掛著一路灰塵駛進村裡，在杜超的帶領下來到金鎖家。那是公家機關一起陪同公路的有關負責人，他們是送公路占地補償款來給金鎖家了。

補償款對於老百姓來說，簡直是天文數字了。誰也沒有想到，人人都躲避瘟神一樣

第八章

躲避的旱龍道，都怕黏在手上的旱龍道，人人頭疼厭棄的旱龍道，來個鹹魚翻身，旱龍道值錢了。

金鎖的爺爺捧著一大疊的錢，激動得流下淚來。這錢差點被人騙去，全仗大家幫忙，正義終究是會勝利的。

他與吳老大簽的合約，成了金家店的笑話。吳老大一時財迷心竅，犯下大錯。吳老大最怕談論「合約」兩字，最後成為病根。只要他想做不切實際的事，一提「合約」，他就老實了。

這件事在村裡熱鬧了一陣子，七嘴八舌，把分地時候的陰謀都揭露出來了：一些人暗中送了禮物給會計、村長，在做籤的時候，當著眾人的面作假，誰也沒有發現。幾個人下手折疊紙條的時候，在這個環節做了手腳。

寫有旱龍道的，隨便揉搓，沒有章法。而折疊南山窪地的時候，他們先對折，再對折，最後揉成球，細看就會發現端倪。所以，知道內情的人，眼睛一看就知道哪個寫了旱龍道，哪個寫了南山窪。當眾作假，誰也沒有異議。這就是他們背後的詭計。結果，聰明反被聰明誤，凡是抓到旱龍道的人家，或多或少都得到了國家的補償，那可比種地強百倍了。

家裡有了這麼多錢，他們不知道怎麼花了，好像什麼都想買，又好像什麼都不想買。家裡一時熱鬧非凡，門庭若市。羨慕的、打聽的、眼紅的、嫉妒的、說風涼話的、亂出主意的，天天有人來。

有個泥瓦匠進屋就說：「有錢得會享受啊，這破房子馬上翻蓋吧，我幫你設計，包工包料，一個月保證讓你住新房。」他想賺點泥瓦工錢。

「你們都這麼大歲數了，蓋房有什麼用，將來金鎖肯定不在山裡生活，夠住就行了。養幾頭牛吧，我家有幾頭牛特別好，便宜賣給你們家，直接趕過來就好了。」養牛的人也想藉機會撈一把。

有人想得更新奇，要為爺爺介紹個老太太，是他們的親戚，說家裡得有個女人照料。女方身體特別好，只要五十萬塊錢人家就過來。

看看，這些人，為了爭奪這筆錢使盡了招數，什麼方法都想出來了。

金鎖面對這些人，忙著沏茶倒水，都是鄉里鄉親的，土裡刨食，苦日子熬著過來的，所以他們說什麼，金鎖都不生氣，也不當真，金鎖真是成長了。

當初爸爸剛剛回到金家店，全村人來探望，不管拿的什麼拿得多少，在當時就是雪中送炭。現在，金鎖要藉助這個機會回報大家。

金鎖家的院子裡擺上了四五個飯桌，也不是酒席，只是做了幾個實惠的菜表示一下感激之情。

第八章

村裡大娘大嬸來幫忙，煮了一鍋豬肉，燉了一鍋酸菜，撿了一盤子大豆腐。農村人不太講究，有肉就是好。大米飯摻紅豆，一大桶散酒，大家開懷暢飲，祝賀金鎖家的好運氣。

金鎖換上了時尚的運動裝，銀灰色，腳上一雙白色運動鞋，去鎮上理的新潮髮型，眉目分明。只需幾百塊錢，就把金鎖打扮得特別有精神，儘管他的眼睛仍然是一條縫，笑起來眯眯著，大鼻子像蒜瓣一樣趴在臉上，可畢竟是個十四歲的小夥子了，潔白的牙齒間流露著一股帥氣。十四歲的金鎖在生活裡歷練成一個小大人了。他端著飲料杯子，一個一個敬酒給父老鄉親，表達著謝意。

鄰居馬大奶奶也來了，她孤身一人，有些自卑，她心裡藏了一個小祕密，這個祕密是金鎖在一個晚上告訴她的。她簡單的心裡盼望著簡單的事情，那就是明年秋天，她將要撿到白蘑菇。這件事讓她的生活有了期望。

藉助金鎖的酒，慶賀金家店美好的未來。美好的未來已經來啦。金家店的人們歡呼雀躍，這個沉悶閉塞的小山村，終於打破了昔日的寧靜，變得熱鬧起來了。

夜晚，人們散去，關上屋門，祖孫三代人開始研究這筆錢的支配問題。

爺爺不表態了，因為他知道他老了，思想跟不上形勢，看問題也不夠透徹準確，他只說了幾句話：「你們父子倆商量吧，愛怎麼安排就怎麼安排，不過，給我一千塊錢就好，我買點好旱煙，不辣嗓子的。」

「這錢，不能動，得存銀行去，給你以後念書用。還得娶媳婦，成家立業。買房子，買轎車。」爸爸發表了看法。爺爺點頭表示完全同意。

金鎖想了想，終於說了他的觀點。

「我要把後媽接過來，讓兩家人合併成一家，這樣我上學對你們更放心，我的負擔也會減輕。我希望兩個姐姐和我一起去上學，大家在一起生活，互相有個照應。我想，有這些錢做本錢，做養殖不成問題。爸爸身體不好，以後就在家養牛或者養羊，有點營生才有意思。我不需要太多錢，夠我上學花就好。何況，我去哪個學校都有獎學金，我長大自己會工作、會拚搏，我要憑藉自己的能力去闖。」

聽了金鎖的一席話，爸爸笑了：「不愧是我兒子，有志氣。」

爺爺不同意把那母女三人接來，認為這筆錢來得不容易，家裡沒有地了，就指望著這點錢了。爸爸會老的，爺爺會死的，把錢四下分散，到頭來還是一場空。爸爸低頭想了好久，既然爺爺不同意，爸爸也不好意思表態。

就在爸爸和爺爺還在為這件事糾結的時候，後媽已經領著兩個漂亮的小姐姐進了家門。兩個小姐姐牽著金鎖的手，金鎖在中間，美得合不攏嘴了。

那是金鎖親自去邀請，下了跪，磕了頭，叫了一聲「媽媽」，才請來的！

第八章

「爸，我是被金鎖這孩子感動了。他叫我一聲媽媽，他就是我兒子了。這個家裡，確實是需要人照顧，最起碼，我能幫大家做點合口的飯菜。我不是圖錢來的，你們的錢我一分不要。但是我想養豬，金鎖說借給我錢蓋豬舍了，我和他爸就在家養豬，順便養頭牛，牛好經管，不養羊，養羊操心。這樣我們家的日子也窮不到哪裡去。我就是苦於沒有本錢啊。」大家都覺得媽媽說的有道理，滿懷希望。

大姐玉梅變得沉穩許多，她也輟學了，正在學習刺繡，準備把這個傳統的藝術發揚光大，這也是她喜歡的女紅針線。但金鎖堅持讓她上學。

玉蘭成績非常優秀，聽說金鎖讓她繼續上學，這個柔軟的女孩控制不住擁抱了金鎖，她太想去讀書了。金鎖也緊緊抱著小姐姐，他們那麼要好，感情的閘門終於打開來，親如親姐弟。這美好的感情多麼純潔，多麼高尚。玉蘭激動得流下淚來，金鎖也眼眶濕潤了。

「這倆孩子，從小就要好呢，不是一家人不進一家門。這回，你們都好好去念書吧，姐弟三人，長大後你們互相有個照應，多好啊。你們前途無量，走出大山，創造你們的美好生活吧。」金鎖發現，原來媽媽很能說呢。

金鎖把後媽一家三口接來的時候，金家店人議論紛紛，有的贊成金鎖，誇他善良大度；也有人反對金鎖的，說他太單純、太傻。但是，只有金鎖知道，錢財並不是重要的，讓父輩們活得安心，過得舒心，他才放心。不得不佩服金鎖的格局和眼界。

當秋高氣爽，一片潔白的雲朵在山間飄移的時候，金鎖背著行囊，以優異的成績考上了這個縣裡最好的學校。玉蘭和玉梅因為輟學耽誤了，在金家店補習，準備明年再考。

臨走，金鎖去看了趙大伯——他人生路上的指路人，更是金鎖的貴人。趙大伯正在打點行囊，準備搬到城裡去住，年歲大了，他的兒子和兒媳不讓他單獨住在農村了。

「大伯，有件事，今天得明說了。資助我的就是你——雨辰先生！我看了你的身分證，知道你的名字叫『趙震』的時候，我就知道雨辰就是你啦。從你告訴我白蘑菇那時起，我就再也沒花你的錢，你的大恩大德，我無法回報，但我會努力學習，做個好人。」

金鎖把一疊錢放在大伯面前，很明顯，他又加上許多。趙大伯淚水漣漣，把錢推給金鎖。他的心血沒有白費。

「鎖啊，我每個月退休金好幾千吶，花不了用不盡，孩子也不指望我，這錢你就留下吧，我要那麼多錢幹什麼？老料好命啊，有這麼懂事的孫子。」

「你老趙的命也不錯啊。」金鎖和趙大伯嚇了一跳，爺爺不知道什麼時候進來的，站在門口眯眯笑著，手裡拎著一瓶好酒，還拎著下酒菜，依稀看見有豬耳朵、香腸、花生米、鹹鴨蛋，還有一隻燒雞呢。

兩個老頭子，一輩子的冤家，此時，皓月當空，星光點點，二人舉起酒杯，噹的撞在一起！

「家裡有人看家嘍，我老頭子以後就到處走走。能做就做點，不能做就出去串門啦。」真是這樣，爺爺從來沒有離開過家去串過門，爺爺終於有時間、有心情走出家門了，不得不佩服金鎖的英明決定啊。

金鎖拉著兩個小姐姐，站在金家店的山上，舉目四望，旱龍道正在大興土木，機器轟鳴，公路已經初具規模，小轎車、農用三輪車、摩托車、電動車，開始在壓實的公路上奔跑著，平坦的路面跑起來真過癮。

平坦而四通八達的公路是經濟發展的紐帶，這條路，把金鎖送進了美麗的教室。少年的夢想，插上了理想的翅膀，正在廣闊的天空下，盡情展翅翱翔！

電子書購買

國家圖書館出版品預行編目資料

旱龍道 / 王海燕著 . -- 第一版 . -- 臺北市 : 崧燁文化事業有限公司 , 2021.04
面； 公分

ISBN 978-986-516-567-3(平裝)

857.7　　109021605

旱龍道

作　　者：王海燕　著
發 行 人：黃振庭
出 版 者：崧燁文化事業有限公司
發 行 者：崧燁文化事業有限公司
E-mail：sonbookservice@gmail.com
粉 絲 頁：https://www.facebook.com/sonbookss/
網　　址：https://sonbook.net/
地　　址：台北市中正區重慶南路一段六十一號八樓 815 室
Rm. 815, 8F., No.61, Sec. 1, Chongqing S. Rd., Zhongzheng Dist., Taipei City 100, Taiwan (R.O.C)
電　　話：(02)2370-3310　　　傳　　真：(02) 2388-1990
印　　刷：京峯彩色印刷有限公司（京峰數位）

定　　價：299 元
發行日期：2021 年 04 月第一版

臉書　　蝦皮賣場